流年长 怕少年摧

徐鹏——著

ONE WAY

天津出版传媒集团

天津人民出版社

图书在版编目（CIP）数据

流年长怕少年催 / 徐鹏著. -- 天津：天津人民出
版社，2016.11

ISBN 978-7-201-11029-5

Ⅰ.①流… Ⅱ.①徐… Ⅲ.①长篇小说—中国—当代
Ⅳ.①I247.5

中国版本图书馆CIP数据核字(2016)第247166号

流年长怕少年催
LIUNIAN CHANG PA SHAONIAN CUI

出　　版　天津人民出版社
出 版 人　黄　沛
地　　址　天津市和平区西康路35号康岳大厦
邮政编码　300051
邮购电话　（022）23332469
网　　址　http://www.tjrmcbs.com
电子邮箱　tjrmcbs@126.com

责任编辑　刘子伯

印　　刷　北京欣睿虹彩印刷有限公司
经　　销　新华书店
开　　本　710×1000毫米　1/16
印　　张　16
插　　页　0插页
字　　数　210千字
版次印次　2016年11月第1版　2016年11月第1次印刷
定　　价　28.00元

谨以此书献给曾经青春过的我们

目录

序言 十七人中最少年

文/步非烟

第一次和徐鹏见面是在十年前80后作家们在山东的一次公益活动中，一行十余人，他年纪最轻，却令我最难以忘记。

徐鹏那年21岁。给我的第一印象，他是个有才华却不张扬的大男生，热情、周到，还有几分孩子气。这和他义气、叛逆、特立独行而不失幽默的文字有些两样。同行的朋友们都说，只读文字的时候，欣赏徐鹏的一份书生意气，相处时，却更欣赏他的热情与细心。

慢慢了解了之后，知道刚刚大学毕业的他从山东一个人跑到重庆，在《课堂内外》做了记者，成功地完成了几个不错的策划，在自己的工作岗位上初显锋芒，从普通记者做到了首席记者。之后又去了美国进修，学习之余又玩起了职业赛车和极限跳伞。回国后又自己创建了文化公司，事业做得风风火火，让我们这些老朋友着实羡慕。

前几天接到了为他的新书《流年长怕少年摧》作序的委托，当时正忙于搬家等琐事，无法执笔。于是我说，能不能等到下一本书再写，最近杂事太多，若匆匆动笔，反而辜负了他的大好文字。

可是他却对我说，这应该是他的最后一本书了，在以前写过

的八本书里，他完成中学、大学、工作、留学、创业五个人生转变。九九归一，从此，今年已是而立之年的他希望能成为一个合格的商人，认真经营自己的事业，或许就没机会再写书了。

听到了这句话，突然有点莫名的伤感。

是的，我曾一再说，80后的我们早已成熟了。已经跨入人生中第三个十年的我们，终于从孩子长成了大人。十多年来，媒体一直把我们推到风口浪尖，我们以时尚先锋的姿态，以一个时代的叛逆者的姿态，步入文坛，从此备受关注，也备受争议。然而，十多年过去了，时尚先锋的帽子已经顶戴得太久，让整个80后一代不堪重负，是时候成长，也是时候离开了。

90后甚至00后已经登上了文坛，更加时尚关注的焦点，理应让更新的新锐们去承担。而我们80后一代，从风口浪尖退下之后，可以更冷静地审视自己的社会责任。无论前辈们以怎样的目光看待我们，这个世界，终究会交到我们手中，我们必须以成年人的姿态，宣誓自己的责任和接掌文坛主流的决心。但是，成长的蜕变总会有着阵痛。其中的一部分文采飞扬，意气挥洒的作者，竟然离开了。他们暂时放下了手中的笔和激情飞扬的少年热血，走向了生活。

他们从诗人、作家变成了经理、总裁。

或许，这是一种选择，也是一种成长。

正如徐鹏。

但我相信，他还会回来。

永远忘不了那次公益活动上，他面对高中校友时孩子般的可爱、面对90后孩子们激情演讲时的成熟、忘不了他当众向妈妈鞠躬感恩时男儿泪下的真性情。也忘不了他对文学的执着，对人生的思考，对80后一代文学的责任。

如果可以，希望80后那颗青春、热血的心，永远执着，不再长大。

如果可以，希望看到离开的80后，在历经了生活的磨砺后，以更成熟稳健的面目，再次归来。

那将是一个崭新的世界。

而立之年，告别青春，期望新生。

步非烟，中国知名女作家。1981年出生于四川成都，毕业于北京大学中文系，2006年获得北京大学古代文学硕士学位。曾获温瑞安神州奇侠奖、黄易武侠文学奖。著名学者孔庆东称步非烟为"大陆武侠作家中最具希望的新星"。

主要作品包括《华音流韶》系列、《武林客栈》系列、《昆仑传说》系列、《玫瑰帝国》系列、《修罗道》以及金山公司《剑侠情缘》小说版等。

楔子

❖1❖

俗话说得好："流氓不可怕，最怕流氓有文化。"

凭良心讲我的样子虽然有点对不起观众，可是并不吓人，相反的是我戴着眼镜看上去斯斯文文。不过我知道别人都怕我，为啥怕我？因为我戴着眼镜。我也曾经一度觉得自己特像一个知识分子，文学青年吗，是个挺光荣的词。但他们不是怕我的眼镜，而是我的"文化"，说直白一点就是其实他们是把我当成有文化的流氓了。

当然，从侧面讲这说明我这人的形象很正派，看起来就是个学问人。所以我自己对这些人的误解也就没什么好解释的，毕竟事物有其美好的一面。

我爸妈没下岗，所以我也不是流氓，我也靠爸妈砸锅卖铁的钱读得起这几年书。我还知道也许很多年后我也会学着电视里陈浩南那样说一句："人在江湖，身不由己。"但今天我也只需要大喊一句来表示清白。

其实，我的真实身份是逃出笼狱的高三毕业生。

❖2❖

"我一定要成为一个传奇！"这句话不值钱地在我手指快速敲动键盘后出现在电脑屏幕上。

忘记自我介绍了，我叫张扬，身高175厘米。今年是一个不到20岁的小青年，高考过后暂时处于无业状态，整个晚上端一瓶纯净水坐电脑前敲敲打打。虽然我也想喝电视剧《欢乐颂》里安迪喝的那贵族瓶装水，可是依靠着每月码字的零星稿费起码能供自己暂时的大部分开支，其余则不定时地伸手往老爸老妈要，想想还是忍几年再说吧，再说就算是马云也还不是有过骑自行车的日子。

总而言之，言而总之，一言以蔽之，我当下的状态就是混着糊天糊地的日子，过着不痛不痒的生活，有钱就打车，没钱就骑车。用旁人的话说就是，小日子悠闲自在算是挺幸福了。当然，这幸福只限在高考之后。

"扬扬啊，爸知道你这几天累了，高考成绩也不用等了。多在外面找工作，别灰心。你看你以前的高中副校长不是都怕你影响学校的毕业率把毕业证破例发给你了吗？你说咱还有什么干不成的事？找工作跟去工作一个样，也是讲究个坚持，外面的招聘广告那么多呢，你跟那些个老板好好说说，人家总会心软给你口饭吃的。"

听完老爸的教育，我脑中各种的离奇思想开始泛滥，我认真地想了想发觉自己脑中一片空白，只有着镜子里的那张布满青春

痘的脸洋溢着笑容在我脑袋里挥之不去。

那段日子许多人都是无聊心情闹得凶，不想出门的小青年都上网解闷，于是网恋也跟着闹得凶。这种非典型爱情让大批热血小青年沉迷于网络，整天风花雪月要死要活哭爹喊娘，我深知其害也深受其害。

"好歹我也是一个会弹吉他的文学青年啊。"我在网恋几经挫败后经常抚着额边的头发喃喃自语。这种时候我总是会想起当初和强子就自己是不是天才这个问题展开的无聊对话，那次对话后很长时间强子都不会主动去跟我说话，用强子自己对外宣称的话说就是我不会说人话，老子懒得跟他扯。

强子是我的高中同学，其实不只强子，跟我一起毕业的同学都在混着日子等通知，谁都不例外。

"我是天才，你敢不承认？"

"你了解天才？"

"废话，我还能不了解自个儿？"

"你可知道那些天才为了完成一幅画情愿自己饿死？"

"哦，这么回事啊。"

"怎么，还有什么话说？再给你说最后一句话的权力。"

"我情愿自己吃饱了饭然后看那些所谓的天才饿死。"我见到屏幕上这句话甚至可以想象得出电脑另一边的强子正在以他那特有的姿势笑着。右边的嘴角单方面地向上扯，在离嘴角不远的上方堆积出一个小酒窝。那时的强子被我定义为文学青年，因为

他戴了好大的一副黑框眼镜。电脑屏幕的光反射到镜片上，一闪一闪的。

那年高考结束，甚至还没等到毕业证发下来的时候，老爸就对我说了一堆话，一堆所谓的人生观价值观，彻底地把我因为刚脱离学校而对社会产成的美好向往和愿望扼杀在了萌芽状态。我爸真是个没有远大理想抱负的渺小人类，完全不照顾我当时年龄幼小心理承受能力不高，愣是让我硬生生地知道了自己算是一个什么东西。

说起我爸妈这样普通善良的小老百姓，他们也真是不容易。老爸是资本几千块的个体小商贩。以贩卖各种时令水果赚几个可怜巴巴的差价，老妈一辈子都是工人，没钱。身为他们直系亲属的我并没有遗传到这种安于现状的性格。用他们的话说是：做老实人就要本分，用我的话讲则是：做人就是要有理想有追求，否则跟那些个猫猫狗狗的又有啥区别？

很多个晚上我都在想象关于未来的一些东西，相信很多人都会在夜深人静睡不着的时候思考哲学三大问题"我是谁？我从哪儿来？我到哪儿去？"未来的生活、未来的事业、未来的姑娘，如同梦魇缠绕心间，挥之不去。但在我们幻想这些东西的时候，往往都会相信它的真实。手中的烟雾缥缥渺渺，虚幻如此。于是我开始思考一些很复杂的问题，明明已经不在，却仍伸手想要抓住，可只是留下一个苍凉的手势。越是握得紧，越是证明没有什么东西存在。试着摊开手心，还是……

　　书上说生命横置于人间和地狱交界，沙子控制了时间，最后一粒跌落，便是地狱。最后才发现，或许自己一直在幸福的旁边。如果能博别人一笑，做做傻事有何妨？那些说我不会笑的人，我有一点话要说，我不是不会笑，只是，我笑的时候你们的目光在哪里？

　　又有很多时候我觉得很不公平，为什么让我生就一双翅膀，却不让我飞翔。有时候我也只是想听一听羽毛落地的声音。总是把自己摆在最可怜的位置上思索为什么事情总不如愿。却忘记了，可怜之人必有可恨之处。漆黑的夜寂寞总是如期而至。黑色的孤独，我喜欢这词。

　　感觉走得有点远了，停住幻想，回到现实。现在的我正胡子拉碴地坐在网吧里时看着周围的一群孩子。一个个旁若无人地谈笑、打闹，宣泄着属于自己这个年龄的快乐。寂寞的人开始在网上恋爱，爱情在细细的电话线两端传递。往往看到一对情侣在一起的时候我都微笑，自己并不懂得多少快乐，但却能很容易察觉到别人的快乐。

　　爱，是这样吗？

　　很多个晚上我都这么胡思乱想着，等着白天的来临，日子还是要过的。

　　工作找了好几天也就不那么着急了，毛主席不是教育我们要稳扎稳打吗？何况高中毕业后升入大学前，迷茫游荡的人

千千万，我急什么。于是打电话给葛辉约在"四海"见面。

葛辉也是我以前同学，学习成绩和我始终持平。同样高考完毕堕入社会，等待祖宗大学的一纸通知。四海是我们市里挺有名气的一家火锅城，那里的女服务员是个个水灵出了名的漂亮，也许这才是人们尤其是男人们争相前去吃饭的真正原因，与饭菜的好坏并没有多大关系。

"我带了一个姑娘过来，是我表妹。你可不许乱说话。"电话那头的葛辉匆忙挂断电话。

❖ 3 ❖

突然回想起来，这应该是我第一个见到这个叫简单的姑娘，人如其名，简简单单。我怎么也想不出这个还算清纯的女孩怎么会是葛辉这破烂小子的表妹，当时只是下意识地猛地担心裤口袋里的钱：完了，又要多付一个人的饭钱。

后来发生的事情没有开篇铺垫得那么美好，吃火锅的过程中简单从头到尾都没有和我说话，我也落得清净，专心致力于我眼前的老肉片与午餐肉。

谁想到这顿饭吃过，我居然转运了，第二天，我居然收到了山东XX学院的录取通知书，这个看起来很牛的通知书顿时把全家上下的目光全都吸引了过来。

所以当时的我坚信，简单一定是我的吉祥物，要不然为什么见到她后喜事就从天而降。

　　说实话后来到了这个学校也是很不容易的，因为在高考结束和到这个现在的大学报名的中间必须经历一个暑假，以前上学时特别喜欢假期，然而现在这个假期对于我却是漫长而痛苦，估计这是我有生以来第一次觉得暑假很长，长得我连睡觉吃饭上厕所都盼着通知书飘进我家的那天赶快到来。其实每年高考落榜或高考不如意的学生数以几十万计，我还不至于如此害怕。比如我高三所在的班级，我们班共有八十八人走这条独木桥，而且男女分配绝对平均，四十四朵祖国未来的花朵，四十四根祖国未来的柱子，据说我在我们班里的成绩是二十二名，而且也是后来上了大学的最后一名，也就是说我们班其他六十六人组成了浩浩荡荡的高考落榜队伍。与他们相比，我还是别人眼中的幸运儿。可问题是我那葛辉同学，也就是跟我一起去四海吃火锅的那小子。

　　他在暑假最后几天终于接到了中山大学的通知书。我本以为他会看到多年兄弟情谊上照顾一下我的心理感受，会尽量少在我面前说关于学校优劣的话。可是处在极度兴奋中的人是很难想到别人的，这小子见到我后就像英国人见面后说"今天天气真好"，中国人见面后说"吃饭了吗"一样频繁地使用"中山大学真好"这几个汉字。

　　最令我不能容忍的是陪他领回通知书那天，他如同董存瑞高举炸药包一样高举着通知书吼道："张扬，今天，我，未来中山大学的高才生，祖国的栋梁，要请你吃饭！"他唯恐别人弄不清楚他的身份，听不明白他的话，就故意用了自以为抑扬顿挫实际

上阴阳怪气的调子把那句话说完了。结果周围的人都用看弱智的眼光看着我们国家未来的栋梁，我急忙上去拉着他的手逃之夭夭。

其实我高中时学习真的挺卖力的，每天起黑贪早不说，有时还要装孙子，夹着尾巴做人，不对，对我来说就是夹着尾巴做差生。我一直认为我是个很有理想抱负的人，雄心勃勃地想为社会主义现代化建设做一番大事业，不幸的是，这么多年就是没有人能发现我这个人才。现在我戴着文学小青年的帽子继续推动社会主义的文化事业。我容易吗我？

"济南也不过如此。还是没离开咱们山东省。"这是我接到学校通知书后说的第一句话，强子拍拍我的肩膀说："至少算是进城了．今儿我买单，请你吃你最喜欢的重庆火锅。"

强子带我来到这个号称重庆人开的店时已经是夜里十一点多了，我们两人沉默不语各自低头与锅里的肉片开战，那天晚上的火锅什么味道我们不知道，到底怎么吃完的我们也不知道，日后我在日记里写到这晚："我跟强子去了刚开的重庆火锅店，八月的天里我们吃得满头大汗，剩下的时间我们拎了几听啤酒坐在路边，可能是因为酒精的缘故我们开始在喝酒的时候聊天，并没有太多的话，就这么断断续续地边聊边喝，直到晨晓。"

我知道这个世上，像我一样不得志的人太多了，他们大都和我一样的出身，过着和我一样的日子。

闲来无事的时候我总在思考，我为什么会过到现在这种地步？人要好好学习天天向上，就算学习不好，起码咱有这个心，

咱对得起国家和人民。这个道理在我上小学学第一天时就懂了。那时，我还在为自己能上一所重点学校而庆幸。

告别是个挺令人伤心难过的事儿，兄弟们倒表现出一副恋恋不舍的样子，告别爸爸妈妈，我也不知道该说些什么，事实上也真的没说什么，就这样按正常程序上车、摆手、送别，一切淡如水，也许生活本就该如此，平淡如水。

我登上人满为患的列车，踏上了大学的旅程，临别还踌躇满志地回头望了一眼，心中对留在站台上目送我的爸妈说："爹，娘，等我发达了，我一定回来改变你们的命运！"然后我大步登车，再也没回头，颇有一些壮烈的味道，刚坐在位子上五分钟我就开始大叫，啊！我准备在车上吃的方便面还在爸妈手里拎着呢。

开往山东济南的火车上，全是去省城报道的学生。顺便说一下，是站票。

第一章　人在江湖

❖1❖

中国太古老了，古老得一举手一投足就能与历史搭上线。欲望不断地膨胀，在这纸醉金迷的世界，每个人都遵守祖宗的遗训继续肩负着为人类社会繁衍后代的责任。过分去满足自己欲望的人往往得不到欲望的满足，只是令那可怕的欲望更加强大，难以控制。人逐渐被欲望牵引，失去理智。

其实济南这座城市很小，小到花3块钱坐一辆小出租三轮半小时钟就能把所谓的市区逛一圈。

"妈的，怎么这个地方这么热呢，成烤鸭了。"我到这里后又开始习惯性地发牢骚。

家里老头子最后一次找我谈话是在他临走时前一小时。"小伙子，别想太多。好好学习，天天向上。"这样的一句话让我迷茫了好一阵子，待缓过神来的时候老头子已经倒背着手优哉游哉地走远了。

傍晚的城市很安静，一些并不时兴的建筑物不算有秩序地被

修筑在公路两旁。没有大都市的繁华，却从中透着一股股宁静。权力与欲望的社会，多数人在挥霍着自己的青春。并且在这多数人里又有多数人在贩卖着自己的青春。她们个个有姣好的容貌，出众的身材，却愿意把这些换成一张张花花绿绿的人民币。

就是这么一个小城。脚着地的踏实感立刻让久未活动的下体充满排泄的欲望，当然这与色情无关。四周环顾一圈，立马冲向离得最近的厕所。我向来没有在火车上"方便"的习惯，哪怕路途再遥远，事实证明我是个很好的"忍者"。

不可否认，排泄完的那一激灵是很舒服的。在为这一"激灵"付了5毛钱后我走出简陋并充满着混合臭味的所谓公共厕所。

如上所述，我刚下火车。其实让我这个极度晕车的懒人坐这么长时间的火车是一定要有一个特殊原因的，尘世间能让男人卖命的理由说透了也不过两件事，或金钱驱使或美女诱惑。我也不介意给各位交代清楚，顺便再自我反省一下。

"一年之内我要出名，五年之内我要事业成功！或者前两者都不成立我要死！"我记得是冲小飞牛烘烘地吼了这么一句话然后才接到他那充满鄙视的三分之二白眼珠子的。以上是我在考上大学后对我一个在出版社做编辑的兄弟喊下的话，就是因为这么一段让我看起来很有男人气概的话，我以后的日子可谓多灾多难，惨不忍睹。

"那感情好啊，小扬子，你不是能写吗？那你大一半年内写完一个至少15万字的长篇给我，我给你出版！"这臭小子仗着自

己是出版社的编辑老用这种语气跟我说话。更罪大恶极让我恼火的是以前他总是用一个很奇特的名字称呼我，被我狠扁了几顿后便改邪归正了。很有创意地在"小扬"后面加了"子"，然后光明正大地把"小扬子"叫了出来。整得我平时都要跟他保持5米的安全距离，以防他突然召唤我。我实在不想让周围的人都一厢情愿地认为我是在皇宫大内待过的人。

于是我身上那遗传自老爸的火爆脾气在一瞬间便给了他答复。"好，半年后您等着拿长篇。"有了这就话还能说什么呢？之后的一天我都处在深度的懊悔和郁闷中。我不知道这半年我要靠什么写出15万字，咬牙切齿地后悔没要那浑小子给我出生活费。得，船到桥头自然直，走一步算一步吧。写到这儿我笑了。估计小飞听到这句话又该板起脸来教育我了，听好了，船到桥头自然直是因为水波的反射力。咳，咳。

长时间的站立姿势让我的身体疲惫不堪，两天没睡导致我的眼睛只能睁开一半，如果有人非要用火柴杆来撑住它，估计那细小的火柴会有夭折的危险。满脑子现在只有好好睡一觉的想法，床，床，当然这还是与色情无关。

"嗡……"我的手机收到短信会发生强烈的震动，这是我非常喜欢的，所以平时我都把手机放在屁股兜里，来了短信时顺便也能给屁股按摩。一阵酥麻的快感让我心情愉快起来，短信是简单发给我的。竟然忘了她今年也是考到了济南。临行前葛辉一再交代我他这个宝贝妹妹在济南一所医学院里学护士，要我照顾。

我顿时兴奋异常。短信告诉我她正在车站边上等着，于是我提起死沉的行李包一步一拐地挪向出站口。

虽然是小站但接站的人却不少，人人翘首盼望，像一只只在等待食物的小狗，眼神里充满了急切的热情。我用近视400度的且没戴眼镜的小眼睛搜索着，并没有发现应该出现的扎马尾的女孩，我也实在不想承认对面那个正对我抛媚眼的看起来三十多的中年妇女就是吃火锅的那个简单。

正郁闷着不知该怎么办的时候屁股又传来一阵酥麻。在看短信的同时我瞥见不远的公共座椅上一个女孩正拿着手机向天仰望，一副焦急等人的样子。因为上次在火锅城过于匆匆没有认真看过简单，所以印象中对方只是一个女孩，别的基本上都忘干净了。

突然，我的眼睛开始定格，马尾，是马尾。"鬓挽青云欺靓染，眉分新月似刀裁。"我的心里瞬间开始有阳光进来了。只是我眼睛里模模糊糊，不敢确认那就是简单。看到短信的同时我心里彻底阳光一片了。短信如是说："我在车站旁边的椅子上坐着。"

于是我向她伸出手，"你好。我是张扬。"

"哈哈……这年头还有人见面说'你好'的啊？而且还加握手的。上次见面怎么没有这套程序？"她愣了一下开始大笑，笑归笑她还是伸出手象征性地来握了一下。只感到一阵的滑腻，于是我说了句现在想起来无比挑逗的话："别的不说了。走，先找个地方睡觉。"

❖2❖

之后的24小时里我一直睡死在旅馆的床上。因为考上大学的兴奋劲儿还没过去，所以到济南的时候离开学日期早了不少，学校正大门紧闭，处在暑假中。不过济南青年旅馆一晚30块的价格让我偷笑，古城自然有古城的好处，只是床的硬度太高让我睡觉时一直噩梦不断，想醒却又醒不过来，只好在梦里到处游荡受各种妖魔的恐吓。

我醒来的时候简单正坐在床边，她伸出一只指头朝门一指说，门没关。我顿时大惊失色，想到自己有裸睡的习惯，然后马上掀起被子看自己的衣服。10秒后简单反应过来，对我就是一顿暴打。

睡觉期间手机未接电话十几个，看着这么一大串父母的电话号码我开始仰头感叹可怜天下父母心。老爸老妈这辈子辛辛苦苦的不容易，就是盼望把自己失落的梦想在我身上实现。而身为他们儿子的我却没有遗传到老实人应该有的本分，骨子里天生有一种不安定的因素催促我一直有个很有志气的理想，从高中起我就不断写文章，想总有一天我会成为大作家，真的很怀念高中那个热血青春。现在的现实是，每天写点豆腐块赚块儿八毛的勉强度日生活。

说到底回忆真的是很好的东西，虽然总是给人一种寂落的感觉，时间仿佛它手里的工具，在时间面前，记忆总是满的。"清溪流过碧山头，空水澄鲜一色秋。"我抬头看天自言自语。落叶也纷纷飘下，像是不能再承受自身的重量。或者只是因为树已不

在挽留。时钟反方向转动，回到春天。春天和秋天其实是差不多的。不同的只是春天很暖，秋天很凉。只是这样。举起手中的棒子狠狠砸下，定格在春天。

　　春天里我总是穿着很休闲的衣服低着头走在挤满一对对情侣的小公园里。我像极了一只等待爱情的狐狸。这种时候总是要低下头的，说回来也只是掩耳盗铃式的自欺欺人，鸵鸟般把自己的头埋进沙土里，以为自己屁股朝外会比较安全。我也以为只要低下头就会没人看见自己的窘状。一个习惯了欺骗自己的家伙。

　　"随便"，这是我在这20年来说过很多次很多次的话，只是听这话的对象在不停变化罢了。在这个落寞的城市，拥挤的人群，喧嚣的马路，每天与你擦肩而过的有多少人都不重要的。相信爱情，20岁了初吻还在。但总有人不相信，这些人习惯了欲望社会的肮脏，看不得一丁点儿关于圣洁的东西。例如爱情。

❖3❖

　　我和简单两个人吃饭的过程是十分无聊的。我是不习惯吃饭时说话，她则是习惯吃饭时不说话。两人沉默不语各自低头与盘里的水饺开战，那天下午的饺子什么味道我不知道，到底怎么吃完的我也不知道，唯一肯定的是那天下午也是相当的郁闷，不过古人讲秀色可餐，所以比以前多了一丝甜蜜。

　　傍晚的时候小飞来短信问到地方没，用的称呼依然是被我勒令多次仍未禁用的"小扬子"，只是现在与其相隔千里无法扁

之。我回信道：飞爷，以后您想给我汇钱了招呼一声就行，其余事……爷们儿您走好，拜拜了您哪。

简单特意请了五天假来陪我玩，为此我在这几天里总是过意不去。本来可以心安理得地认为她这么做完全是应该的，就像是公仆为人民服务那样的意思。可我从小饱受各种规矩的熏陶，仅存的一点良心和自尊心都不允许我对苦心帮助我的人连个口头表示都没有。于是我一咬牙一跺脚，"简单，咱吃最贵的火锅去，今儿我请客。"说话间大有江湖大哥临死前对自己兄弟说最后遗言的气势，如果说完再手一挥头一扭那气势和效果就好了。恰好旁边KTV传出的歌那叫个配合啊，"我不做大哥好多年……"

简单一副受宠若惊的样子半天没缓过神来，一个半钟头以后，此时我们已经从旅馆里出来绕街边的居民区一圈了。她开口说的第一句话差点没噎死我，"张扬，中午真去吃火锅吗？那……那，再叫上一个人行吗？我有一个死党……"

满口荒唐言，一把辛酸泪，相顾无言，唯有泪千行。吹出去的牛，收不回来的话。我也只能打断牙往肚子里咽，应了一声然后低下头继续走我的路顺便替我兜子里的那几张少得可怜的人民币默哀，而简单也开始拿着我的手机兴高采烈地给她的死党打电话。更为不幸的是我的手机还没来得及换成当地卡。

我在饭桌上知道了简单和刘刘有着非同一般的感情，认识了两年的死党，一同考进这所省属医学院，感情如胶似漆平时见面却要贫嘴过招，大有不损死对方不罢休的架势。所以这也成了

我必须请她和简单吃饭的理由。刘刘在吃我请的火锅时嘴巴是从来都没停过："张扬你真是个不折不扣的斯文人，往这儿一坐就能看出咱的本质区别，简直就是流氓与处女的区别。""哎？对了，你干吗叫张扬啊？名起得也这么没水准，跟你本人严重不符。这么老实一人站着就跟木头似的，别叫张扬了，听姐姐的话，就叫张默吧。"

我实在不知道这算是哪门子的逻辑和比喻，也不知道为啥刚见面几分钟这个以前素未谋面并且小我两岁的女孩就自称是我姐姐。我更不知道为啥他一见面就把我爹的名字改成了张国立。算了，懒得搭理她，只是在我的嘴巴被火锅里的辣椒辣得实在不行的时候含糊不清地说："今天谁也别惹我啊，谁惹我我跟谁急，再说了，我叫张默，那张国立也不干啊。"说完我一看刘刘那架势怕自己身家性命不保马上补上一句，"我这么大年纪了，您好意思叫我弟弟吗？"说完我认真地看着刘刘等待她的回答。她拍拍我的头说："没关系，谁让咱辈分大呢？"于是我对她的敬佩之心从这时候就开始油然而生。

此时简单静静地坐在一边微笑，此时对比，她俨然一个温文尔雅的淑女。

一顿火锅吃得我们三个人热血沸腾，我大汗淋淋地叫服务员来结账。看完账单时我发誓我真的喜欢上这座城市了，三个人这么猛吃一顿也不过才44块5毛钱。我很大方地甩出45块说了一声，不用找了，余下的算小费。然后很潇洒地走出饭店的门口。

　　不知道是这小火锅店的服务员从没收到过小费还是这所谓大城市与名不符，反正在我说完不用找了后一些吃饭的人开始对我指指点点。从小我爸就教育我，做人要低调。我低下头犹如做错了事的孩子，我发誓我真不是故意的。在别人的白眼珠子里能保持一贯的体面和风度是件很骄傲的事情，于是我挺起胸膛走到简单身边骄傲地走出饭店。

❖ 4 ❖

　　岁月如梭，如梭岁月，日子就这么一天天地过去了。又是清晨，开窗时我不小心打了个喷嚏，小肚子在勒紧的腰带里使劲儿向前凸了凸。我摸着因为喝酒太多而隆起的小肚子想，这对一个二十岁的小青年来说，是相当悲哀的。

　　这个夏天异常炎热，掩盖住了许多悲欢离合。昨晚喝酒后回宿舍，同屋的徐大川拍着我红扑扑的脸说，你小子可别喝死了。

　　我还是喝酒前的那一脸阳光笑容，死不了的，这是补品，放心吧！

　　今天是10月22日，是学校开学后的第二个月。我站在山东XX学院的门口来正式介绍一下这所在齐鲁大地名声远扬的知名高校。

　　山东XX学院位于"四面荷花三面柳，一城山色半城湖"的省会济南，是一所标准的省属本科院校。但是因为在中国，XX这两个字具有相当的诱惑性和鼓惑性，故山东XX学院的录取分数在二本里面一直遥遥领先。无数抱着一腔为XX事业献身的同学们因为

校名简称而投身于学院。

后来才知道，很久之前省城的大学里就流传着一句民谣，当然不是什么"帝出三江口，嘉湖做战场"这种民谣，而是用几个生动的比喻句生动形象地概括了省城的大学最独具特色的亮点。民谣曰：山大的食堂山师的饭，山艺的美女山体的汉，XX的流氓满街转。很不幸，因为男人居多，令我的母校蒙上如此巨大的不白之冤。

从招生简章上看，XX学院引以为自豪的建筑物要数那幢挺立在宿舍楼旁边的五层的教学楼，从直升机上向下俯视是一个长方的环形，至少我是这么认为的。我在远处看到它的第一眼的感觉便是牛，在我走进教学楼抬头仰望着四角天空之后，我于是觉得它比较牛，在走到三楼向下俯视的时候才发现它是真的牛，最后我站在五楼向下俯视的时候终于发现，原来这幢教学楼是非常牛的，这让我明白了一个道理，牛与非常牛之间的差距只不过是从一楼到五楼的差距。

这么雄伟壮丽的教学楼，我却只是用来上课睡睡觉，下课喝喝酒，通宵上上网什么的。经常干着一些被人民教师称为是罪大恶极的事情。并时不时地说着一些"今夜阳光灿烂，黑暗里有一米阳光"之类的废话。有时候觉得无事可干就陪同班兄弟闯闯女生宿舍，顺便跟管宿舍的老大妈聊聊天，这些时候那老女人总是特别高兴。因为徐大川一直承诺要给那大妈的乡下儿子在城里找个媳妇。这让她高兴不已。这个承诺也成了我和几个兄弟出入女生宿舍的证件，并且屡试不爽。

这世间许多享受世俗幸福的人，会觉得别人若与他们的生活有细微不同便也是极大的罪孽。他们是一些活在自我小天地里的人，生老病死，一生即使盲目也是圆满。

很幸运的。我在他们中间。

其实，日光之下，并无新事。

❖5❖

刚进大学校园的时候，我幼稚的心灵曾经对现在的学校曾经产生过很短暂的敬佩之情，原因是各种各样的，理由是种类繁多的。譬如气派的校名，壮丽的图书馆、便宜的饭菜、泉城的名头，我心中所认为的每个渊博的大学教授，以及琳琅满目的社团宣传海报。总之，这一切都让人激动了一番，心里面涌起一种豪情壮志，一种将要大干一场，发誓要在这么美好的环境中出人头地的凌云壮志。印象中这个凌云壮志刚刚酝酿完毕，就迎来大学初课——万恶的军训。

大一新生的必修课，客观上磨炼意志塑造纪律，主观上摧残身心遭受折磨的军训生活终于开始了。毕竟以前"只闻其名，不见其训"，现在看来真是不训不知道，一训吓一跳。说到军训，在济南市我们伟大的XX学院是一个传奇，因为我们的军训场地与众不同且得天独厚地建在一座山上，此山又分为东西南北中五座山头，江湖人称五指山。可谓山中有校是校中有山，不然徐大川进来第一句话怎么会说，我靠，咱们这不等于占山为王吗？

　　既然有这么多山头，进可攻退可守，军训地点理所当然地安排在南山上，其实南山和西山之间原来是连成一片的，可是不知道哪位领导心血来潮要在山上建驾驶培训基地，结果几声巨响，南山和西山就离了婚。中间被迅速地变成了平整的驾驶基地，据后来老师讲这也是济南海拔最高的驾驶培训基地。我们就被安排在这里军训，下山只有一条羊肠小道，一夫当关，万夫莫开，三个教官往那里一站，想下去门都没有。

　　我们这帮所谓的天之骄子哪里是进了军训地的有为青年啊，分明是进了屠宰场的温顺羔羊啊，备受欺凌任人宰割。

　　身心疲惫的夜里我倒是经常收到简单发的短信，心中一片缠绵关怀之情，可以我法眼细读，跃然眼中的竟是一片对我们陷身地狱军训的幸灾乐祸，真是可悲。

　　我无论用什么词都不能写出我辈对教官之帅的景仰之情啊！借用周星星的话说就是，我们对教官的景仰之情那真是犹如滔滔江水连绵不绝，犹如黄河泛滥一发而不可收，还如狂徘小便无法抑制也。

　　我和同宿舍的兄弟们经过一番热烈地研讨，在深入交换意见之后，做出了一个历史性的决定，这个决定在我们寝室的发展历史上具有决定性的意义，是本寝室繁荣与昌盛的里程碑！那就是不惜一切代价，采取任何手段，一定要拯救大兵教官！就算前面是火雷阵或万丈深渊，我们都将义无反顾地勇往直前，鞠躬尽瘁死而后已！他们决心已下，郑重其事地紧紧握住我的手以表达对我的

敬意！大有风萧萧兮易水寒，壮士一去兮不复还的悲壮英雄气概！

　　可惜天公不作美，你说那时要是来个风云变色，天地为之震动多好，可令人郁闷的就是反而来了阵黄风，吹的我们哥俩满眼沙子。

　　现在回想起来，军训那时虽然累，但确实是几个月来心理最轻松的日子了。跟宿舍的兄弟们还不算熟，顶多一起狼狈为奸，无恶不作而已。

　　我和简单无话不说，宿舍里的事情事无巨细都会给她讲，但有一件事情我一直瞒着简单。

　　对于我和徐大川去找人打架的事情我觉得有必要在这里老实交代清楚，我并不想背着小流氓的恶名到处招摇，简直是让我无地自容。因为我是大流氓。

　　山东耕地面积大，视野也开阔，到处都是一眼望不到边的农田，到处是盖得很不规范的房屋，为啥房屋就不能盖得有秩序一点呢？我怎么也想不明白，用我面前这两山东人的原话解释就是这样子有个性。

　　我和徐大川闲来无事就在由这种不规范房子组成的小镇里穿梭，每人嘴里咬着一个价值两毛的刚出炉的烧饼，满心欢喜，满口喷香。

　　其实这是挺风和日丽的一天，但打架毕竟不是什么好事，因此也扫光了我一天的好情绪。于是，我看着眼前这个已经倒在地上的小流氓越想越气，终于忍不住又上去在他身上猛踢了几脚。

　　这事情要从一个星期前说起。就在到校的没几天的一个晚上，我跟徐大川出校去网吧玩，正巧流年不利碰上这么一帮小混混，仗着人多抢了我们俩的钱包就要扬长而去，我恨恨地说，包我一定会拿回来的，那走在最后面的混混嘿嘿一笑："小子，小心被挂哦。"我们便谁也没再说话。

　　几星期的接触，徐大川也多少了解我的脾气是一向说一不二，我不想说的事情怎么问都不会有什么结果，便照着我的话去做了，每天军训完都跟在我到学校外面找这几个人，一找就是好几天。

　　终于有一天见到了这几个在学校门外自称是要挂掉我和徐大川的小混混们，那是一个挺热的天，校外的路上总是尘土飞扬的。当路边的东西都是白花花一片的时候，人是很容易被那些和白色不相符合的东西所注意到。他们几个长得还真黑，徐大川在我耳边说了这么一句话。我和徐大川跟他们站着摆了半天的姿势，谁也不敢先动手。虽然他们不敢动手但却是嘴里不停地骂着，后来徐大川对我说，本来不想扁他们的，可谁让他们说话太难听呢。没办法啊没办法。

　　徐大川出脚时那几个小混混大概还没明白怎么回事，只听一声哀号，领头的那一个就捂着肚子躺在地上了。另外几个反应过来的时候每人也已经挨了好几下，我一年多没活动的筋骨也并没怎么活动开就完事了，等到我补完一脚给在地上那个人后徐大川才晃悠过来扳住我肩膀，你怎么打架这么狠啊？我说，狠吗？好久没打了，没掌握好。你不是更狠吗？还先动手？哈哈哈，两人

就这么扳着膀子走着。

　　不过我没先动手。

　　嗯？

　　我先动的脚。

　　在此之前的很多时候我都在想，这个学校还没有想象的那么差劲，至少还是能让我抱负一番的。事情往往都是这样，我们只能看到一些表面的东西，很多藏在表象下面的实质只能闻到而已。后来在开学不久后跟舍友徐大川的一次对饮双醉后，这种在大学校园里做出点成绩出人头地的豪情壮志便已经消失得无影无踪了，那天徐大川和我谈起关于理想的话题时，谈完后由衷感叹道：理想虚无缥缈，彻底烟消云散。

　　醉酒后的徐大川恨恨地讲了一段故事：那天开学，成百上千送孩子的父母都挤在学校的一些阴凉里，但他进了宿舍却看到一个人在孤零零地自己收拾东西。"知道吗兄弟，我最崇拜这样的人，完全地自力更生，完全的自由。就凭着这一见面的好感我就想，这个人我交定了。可我刚想上去帮他的时候，他妈妈进来了，你知道我看到了怎样的一幕吗？你说这他妈的是人办的事吗？简直是畜生，畜生啊！"

　　至于徐大川看到了怎样的一幕我至今不得而知，那天的故事他没有讲完，只是扔给了我一张报纸。看过之后，我猜到了他要讲的故事，也明白了这些日子徐大川为什么总是处处挤兑许炎。恍然大悟。

现将当年的报道摘录如下：

"《新民某报》报道，为担心衣着破旧的母亲被外人看到后笑话，中国药科大学镇江校区的一名大学生日前将千里迢迢来探望自己的母亲拦在校门口。母亲带来的一篮粽子也让她原封不动地带回去，最后，这位母亲不得不含泪离开。"一年土、二年洋、三年不认爹和娘"的话题已经很古老了。贫困人家的孩子，怕自己的父母在同学老师们前丢人，因此闹出了不少笑料。"

报纸的记者很聪明，弄了一个相关链接，所以另一篇报道也一目了然。

"2005年9月《南京某报》报道兰州榆中县出现的一件怪事，两个小学给学生发了两种不同的课本区分学生的经济条件。近来披露教育领域种种不良现象的报道频频出现：有贫困生因欠交学费而被赶出考场的，有用不同颜色的校服区分贫富学生的等等。对贫富学生的不同对待，难道不是整个社会嫌贫爱富状况的缩影吗？一些贫困学生交不起学费，难道不是整个社会贫富悬殊日益加大所致吗？看到这些问题，我们还能一味地把"三年不认爹和娘"的罪过完全迁怒于这个学生吗？社会的嫌贫爱富就这样存在，而且贫富差距仍在扩大。就是这个社会，在公然制造有违人类道德的社会氛围，穷人日益被逼进被歧视的行列，并且身负弱势罪名。我们与其谴责这名学生道德不佳，不如追究是谁制造的道德困境，让这名学生在光天化日下如此人伦尽丧。"

我想，或许许炎也是对父母说了过分的话吧，如同报道中的

那些人一样。这一点我不想妄自猜测，但从徐大川对许炎的态度却看出了一丝端倪。

按理说，像报纸所报道的那样，为几个粽子千里迢迢，按实际角度分析，这个母亲的做法的确有点不值得。可要从母亲对孩子的感情上想，又没有不对的。那么，到底谁不对呢？的确，这个学生虚荣心也太强了，对待母亲的做法太绝情，说是人伦尽丧也不为过。穷有什么丢人的？与那些贪污受贿的官员和投机倒把的奸商们相比，咱们不至于成为过街的老鼠。不过，事情既然已经发生了，让我们在谴责之余也静下心来思考一下吧。请不要过多地责备那个学生，可能他也不愿意这样做，自尊心使然，也许他已经后悔了。我们更应该深思的是什么原因让他如此无情，不是吗？这种感觉，像徐大川这样富裕家庭的孩子又怎能体会得到呢……

❖6❖

现在大一不知不觉已经过去两个月了，每天浑浑噩噩地过着日子。李小辉还是每天抱着那本莎士比亚文集，许炎还是终日少言寡语，徐大川依旧我行我素，依旧大把花着家里的钱却每天喊着我要自由。我呢，我还是老样子，每天写点小说而已，依旧没有任何激情。其实大可以不必这样的，说到底我也不过就是对这个大学失望而已，毕竟学业和生活都得继续下去。说得再白一点，我总得对得住我老爸老妈辛苦为我赚的学费。

今天周一，我清楚地记得下午没有课，至于上午什么课我

从来都不记得，对于一个看到课本就条件发射般头痛的人来说什么课都一样。放假回家有人问我都学什么课程，我思索半天却始终答不全，只记得我学的专业是公共管理，而授课老师明明就说过，在中国是没有真正的公共管理的。这些都让我很郁闷，很难过。这是我对大学失去兴趣的理由之一，其次便是实在是学习资源过于紧张了。

　　不过后来想想这也不该全怪我，因为开学时学校根本没有把书发全，欠了不少同学个别科目的课本，很幸运我便是其中之一，我终于有理由减轻自己的课业负担并且对学校的体谅表示由衷感谢。今天天气比较好，大家都起得特别早，于是餐厅里就特别挤，正在晨练的苍蝇蚊子一族为了保全性命都逃到了室外，由此可见是多么挤啊！一年不吃早饭都没见几个饿死的，我不至于那么倒霉吧。一路上哼着周杰伦的新歌《千里之外》晃晃悠悠向教室走去。这首歌有离别的味道，有时听到动情处不禁联想到自己的现状，整天吃喝睡觉实在无颜面对父母。

　　我综合大一到大四的基本情况分析然后得出结论，大学四年最难熬的日子是大三，大一新生充满青春朝气充满了生活激情，一心一意要在大学里留下最璀璨的回忆；大二学生要求上进一颗红心向着党，在系里班上担任各种工作干劲儿十足；大四的学生为前程工作担忧，每天风尘仆仆来去匆匆；大三的学生呢？大三学生的日子就有点无聊了，老油条，每天在学校里东荡西晃嘴里喊着迷茫，不知道自己到底想干什么。

那大三干什么？谈恋爱吧，没事就谈恋爱，许多证据都证实了这个说法。好像大三了还形单影只或者是每天两个女生或两个男生一起同进同出是非常不应该的一样，反正一旦到了大三闲着也没事做，谈一场恋爱增加生活体验也是好的。

我还没到大三，但已经不知道自己在想什么了。进此学校后不知道我的记性变得更加坏了还是说我更加懒了。C区的楼是我们教室所在地，我从来没有数过它有几层，可能四层也可能五层，我记住上课的教室在二楼最西边就足够了。教室上面对应的是学校网吧，于是我们注定和网络紧紧地联系在一起，所有人都一段光辉的旷课史，连续通宵上网的纪录被不断刷新着。有些日子我和几个同学吃完早饭就直奔网吧一直杀到天黑才回宿舍睡觉，后来班主任见我都不认识了，以为我都转学了。除了班主任的姓名，我连其他老师的姓都不知道，往往每个老师只担任一年的课，实在留不下什么强烈的印象。现在的人际关系都讲究一个利用价值，没有价值的干吗去费力，不好意思，这也是大学老师教的。

由此可知，我们正处的大一生活本该是充满无限激情的。也许大学是对的，我是错的。也许我对一些东西要求得过于高了。也许世界本该如此吧，也许就像前几天在网上看到的帖子说的那样，在外国人眼里，我们认为习以为常的事情也是跟"东洋景"一般。

我知道，对这个学校来说，我还是个"外国人"，虽然没有水土不服但有没有入乡随俗。我明白，既然来到这个学校就要把这个学校当作顶礼膜拜的唯一对象，别的大学再说也是别人的。

第二章　猛龙过江

❖1❖

秋日中午的阳光是比较清淡的，这样的阳光照耀下，这样一个中午，我从睡梦中沉重地醒来，醒来后由于几分钟前梦中的奇怪事情衍生出难以想象的怪异睡姿导致血液循环不畅，半身不遂地躺在我那坚硬且面积狭窄的宿舍单人床上，当然心里多少有点遗憾。这样好的一个梦是可以抽根烟来怀念的，一阵云雾缭绕，我突然有些想唱歌，于是大声地唱几句，山丹丹花开红艳艳。本想趁抽烟的工夫怀念一下刚才美好的梦境，不料梦这东西奇怪得很，起床后马上忘得一干二净，心里一边埋怨自己的不小心一边穿衣服起床。

以前抽烟，爸爸总要管这管那，记得有一次，抽烟让老爸抓了个正着，原形毕露啊。接受盘问时我也老实巴交地全部交代了犯罪事实。爸爸问，为什么抽烟？我回答说，日本很嚣张，我心情很郁闷。

今天没课，为了刚才那美好的梦境，整个中午我都在遗憾中度过，匆匆吃了碗面想起学校的校刊编辑今天要来看稿子，于是

便边嗑瓜子看报纸边等他。稿子几天前早写完了，扔在了书桌上再也没有整理过。从我坐的这角度望去跟稿子摞在一块儿的还有几只大约一个星期没洗过的男性棉袜，几只的形状都比较奇怪并且散发着让人浮想联翩的特殊气味，这气味充斥着不大的单人房间，很好地起到了防盗的作用。平时如果来人我还是很乐于收拾的，可下午来的是学校的编辑，这人对我这里也算是习惯了，大约习惯到如果哪一天闻不到我袜子的特殊气味他肯定会问我是不是受什么刺激了，怎么变勤快了，是不是失恋了一类的，当然他是知道我并没有女朋友的，所谓失恋恐怕也是他平时极为不齿的网恋了。

　　说起网恋几年前我有一段严重到不堪回首的往事，以前小飞经常拿那些事来讽刺我并且以此作为威胁我的手段敲诈我劳苦码字赚来的血汗钱。

　　记得几年前我还是个十七岁的小青年，高中学业，整个晚上端一瓶纯净水坐在电脑前敲敲打打。靠着每月的零星稿费供自己大部分开支，其余时间则不定时地出现在传奇游戏的各大服务器，混着胡天胡地的日子，过着不痛不痒的生活，有钱就买书，没钱就借书，当然是借了不还的。用旁人的话说就是，小日子悠闲自在算是挺幸福了。

　　事情就发生在这么一段无聊的日子里。"其实上网的人搞个网恋什么的很正常。"我在一个很深的夜里这样跟兄弟说。小飞同志听完了精神大振，于是总想着再从我嘴里套出点什么来。

　　"你跟她说过什么？"

"基本上什么都说。"

"说过爱不爱没？"

"没。"

"那你爱她？"

"爱吧，如果算是的话。"

"她很漂亮？"

"一般。"

"有气质？"

"一般。"

"那干吗不约会她？"

"约了。"

"那干吗不去在一起？"

"人家去埃塞俄比亚了还在一起个屁啊？"

"那你干吗还这一副半死不活的德行？"

"不知道。"

"你丫的脑子有病。"这就是小飞给我下的最后结论。

那段日子非典闹得凶，不敢出门的男女小青年都上网解闷，于是网恋也跟着闹得凶。这种非典型爱情让大批热血小青年沉迷于网络，整天风花雪月哭爹喊娘要死要活，我深知其害也深受其害。在现实找不到女朋友得不到爱情，偏偏也学别的浮躁小青年去网络混爱情搞海誓山盟，一来二去，得，陷进去了。搞到最后结果还是自己立场不坚定，非缠着网上那女孩要结婚，年轻人

哪。终于有一天，一个阳光很明媚的好日子，那女孩再也受不了我的痴情发过一张照片来以解我的思念之苦，那个年代没有美颜相机也没有PS软件，我看着浏览器上的那张照片欲哭无泪，小飞在旁边掉眼泪了，哈哈大笑之余还不时抽空擦擦眼角的泪花。从此我对泰国深恶痛绝，因为听说那里盛产人妖。

话又说回来了，其实以那时的年纪，又怎么懂得爱情。

不过一段所谓的网恋，从此注定了我对所谓爱情的恐惧。

❖ 2 ❖

简单在济南这边上医学院，却全然没有染上济南人的豪爽性格，这一点是相当值得欣慰的。比较客观地说，她是葛辉的妹妹，于情于理我都得好好照顾她，不让她饿着、冻着、被人欺负着。比较主观地说。简单很漂亮，我……对于这样一个女孩我应该说些什么？我翻来覆去地想了一晚，想来想去确定自己身上并没有什么所谓的闪光点值得跟简单相提并论的，于是便郁闷地睡了。

在梦里有一条很长的公路，我坐在公路边上喝啤酒，一瓶又一瓶。路边被我扔满了空酒瓶，这时我开始有排泄的欲望，却找不到厕所，千钧一发之际，郁闷地惊醒。很奇怪现实中不胜酒力的我在梦里却不停地喝。把梦境以短信告诉简单，她的回信让我更加郁闷，她说，你这种在现实中不会喝酒的人也只有在做梦时才能找回一点自尊了，没关系没关系，我不笑话你，记得下次在梦里多喝点。

基本上简单就是这么简单的一个人，在你认为她很淑女的时

候她偏偏会给你来一次调侃，搞得你郁闷至极。在你郁闷至极的时候她又会很细心地安慰你让你舒服至极。如果徐大川见到这女人他肯定会说，有味道，我喜欢，这个女孩我追定了。所以坚决不能让他跟简单见面，当时我心里就在自私地这么想着。想到这儿我突然想到小飞，出来这么些天了也不知道那贼人自己在那边习惯不习惯，不过出版社的工作应该是很轻松的。其实对于小飞我还是很想他的，尤其是在见到什么济南有名的小吃时，每到这时候我都在想小飞，唉，可惜他吃不到这么好吃的东西，算了，看在兄弟的面子上我帮你吃一份吧，就不要谢我了。于是，每次吃好吃的特色小吃时我都会买三份，诚心可鉴，简单一份我两份，为了兄弟我肚子受一点委屈那又有什么关系。

简单这个人还是很有意思的，用有意思来形容一个女孩我想也只有我这种人能做得出来。以前简单家养猫，每天中午那只比较可爱的小猫总要午休上一小会儿，有时候简单便要哄猫睡觉。例如，阳光明媚的一天，小猫在柔软的沙发上睡着，此时简单便走过来要哄猫睡觉，她小拍猫头一下那猫正睡得香甜，猛地被拍醒，于是用疑惑的眼神可怜楚楚地看着她的女主人，只听女主人说，乖，猫咪睡觉了。这就是简单哄猫睡觉的全过程。

此时的简单也必须独自一人面对这陌生的城市，不知道她过得习惯与否。

白天睡觉晚上写东西的习惯一直保持到现在，所谓的日升而息日落而作。大学的课程真是轻松到可怜，尤其是我的公共管理

课程，每星期只有十几节课，所以大部分时间都可以用来自由支配。此时我的小说已经写了两万多字，大体的框架早就定好，只差往上面加字数，所以来到这城市后长篇小说写得无比顺畅，生活也过得有滋有味。只是对于简单，我心里总有一点点的过意不去，我一直没有尽到照顾她的责任。

天不老，情难绝，心似双丝网，中有千千结。

于是我得请简单吃饭。至于这饭背后的意义，我现在还是难以启齿的。

终于在某一日的清晨，简单发来短信：张扬，你喜欢我吗？

刹那间，冬寒料峭变成了草熏风暖。

❖ 3 ❖

我下午来到教室里，教室里两个女生正为了鸡毛蒜皮的事正吵闹得厉害，大学生就是这样一副德行，没一点素质，都上课快十分钟了。虽然老师还没来，但是也不能这样吵吗。

百无聊赖的我把头转向窗外，窗外的那片湖水都干了，不见了平日的舒适感，露出干巴巴的泥土和各种垃圾，让人泄气得要命，看都不想看了。我把眼神转回教室，只见老师慢吞吞地走进来，然后点名然后上课。大学每天的课程就是如此无聊。

上课的时候，很多人拿出了各自准备好的各种小说、杂志、镜子、梳子、眉笔、口红、随身听……没有这一切的摆出最舒服的姿势准备睡觉。反正老师只管人来了没，然后上好他的课，你干什

么根本不关他事，考试的时候你过得就过，过不了就准备补考吧！

　　记得我前几个月刚进入校门时还觉得这样的老师不负责，毕竟高中习惯了老师的唠叨了，现在也对这个麻木不仁了，于是我眨眨眼睛伸伸懒腰趴在桌上开始睡，窗外微风吹进来，混混沌沌也就挨过了这个下午的课。睡了一下觉，看了一本搞笑的漫画，笑过后不知道自己笑了些什么。

　　又是一天了，还有几节晚自习一天就结束了。大学生活过了大半年，学了点什么都不知道，专业课没什么学的，天天画画、画线条。人都闷死。百般无聊的我和徐大川趴在走廊上的护栏上心里无聊得又想起这样的事情。

　　徐大川问我，现在应该准备去哪里消磨这个还剩三个小时的下午呢？

　　我耸耸肩说，不知道啊……

　　两个人终于还是不知道该干什么，趴在六楼的走廊上看下课后密集的人群从教学楼走出。中国的人口密度就是大。人去楼空，徐大川一纵肩说，还是去网吧算了。

　　我听后叹口气说，我们终有一天会上这个城市的报纸头条的。头条是：两个学生因上网过渡而死于网吧。

　　徐大川笑笑说，就你小子净说些不吉利的话，走吧！

　　路上昏黄的灯光既温柔又体贴，把我的心情暖了起来，刹那间突然萌生了一种特殊的感觉，这个地方似乎并不那么陌生。虽然少了几声鸟语虫鸣，但是宿舍楼中悠扬的轻音乐倒也很会调

情，总之从头到脚也是很享受。大一的新生都是很规矩地按照时间上课，绝对不会迟到。于是我跟徐大川去网吧的路上第一次好好地看了看这个校园——XX学院地处市郊，环境优雅，空气清新，最大的好处就是远离各种诱惑，即使你偷偷溜出去也没有什么可待的地方，满眼是无尽的公路和两排笔直的德国梧桐树。如果真的想去外面开荤或是到KTV消遣，最近的打车也得二十块。我们的教室在前楼一楼，顾名思义，后面还有个后楼，更为安静，等我们大三的时候就该搬到那里去了。两栋楼之间由一条回廊连着。两楼的后面就是操场了。不知不觉两人来到学校机房，关于机房很多年前我心里就有一个疑惑一直未能解答，学校里的网吧为什么都叫机房呢？

　　晚上我慢吞吞地走回寝室。在大学才半年，我怎么已经养成了这种懒散的习惯，不知道是由于校园的懒散生活所影响还是由于各种烦心的事情在我心中已经堆积变成了麻木？

❖4❖

　　刚到宿舍楼门口就听见里面乱哄哄的，李小辉的大嗓门可真不是一般的厉害，整个宿舍楼就只听见这么一个类似于破锣的嗓子在叫。

　　开学已经有几个月时间了，可我们寝室里有件事儿一直就拖着没解决，就是寝室长的问题。

　　按理说现在村主任都是国家干部了，寝室长不大不小当然也得算是个干部。但寝室里几个兄弟都是无心于功名利禄，潇洒走

世界的人，所以这个位置一直没落实到某个人头上。倒不是它不想落，而是我们几个兄弟躲得快。

辅导员单独开会召见了我们几个好几回了，苦口婆心地说："这又不是绿帽子，你说你们躲什么啊，我就不明白了，好歹也是个官吗。"每次开会听到这类话，我们就没心没肺地哈哈大笑。但世事难料，也许是本应如此吧，该是你的还是你的，想躲也躲不掉，最后它还是扣到了一个人脑袋上，毕竟挺多事儿还得有人去办。

拖来拖去，终于辅导员再也忍不住了，大发雷霆，一声令下："李小辉，你当也得当不当也得当，这是组织对你的命令和信任。"几句话说得大义凛然，把李小辉堵得一句话也说不出来，苦着脸嘴里乱嘟囔。正好今天是李小辉光荣登基的大日子，我和徐大川从外边回来，一进门就看见李小辉手里拿着把崭新的扫帚和一个垃圾筒在寝室里走来走去，就像已经掉到了热锅里的蚂蚁。嘴里还不断嚷嚷着："扫地，扫地，睡前要保持室内卫生，你们还真是不拿我当个干部啊。告诉你们，别拿豆包不当干粮。"他叫唤的时候，寝室的兄弟就权当没有他这个人存在，任他喊破了嗓子也没人抬一下脚，只有许炎用带着些许幽怨的眼神动了一下，那眼神分明是在动物园里游客看猴子时常用的。

看到这样的情景，我是这么想的：看来李小辉这小子以后肯定有大出息，就凭这小子这么创新的管理能力就不得了。两个本不属于同一物种的人和官衔，被李小辉一捣鼓瞬间整合到一块

儿，一个全新的寝室长就诞生了。佩服！

　　而许炎听了李小辉的话之后也是一时激动，嘴里的口香糖还没来得及把甜味嚼光就硬生生地吞了下去。

　　事情已经发生了，再说大家又都是兄弟，闹大了出矛盾也不好。所以，在我和徐大川的帮助调解之下，一场关于就职的牢骚就演讲完了。"再这么下去，李小辉都快变成李登辉了。"许炎阴阴地说。

　　只是在这以后，大家经常能看见李小辉经常疲于扫地倒垃圾的情景，万一哪天谁特高兴不叠被子就走了，那也是他的活儿。他甚至忙得都顾不得捧那本《莎士比亚》，"为了不被扣分，让大家承认我是个好干部，忍了。"

　　那时候学校对寝室的管理挺严的，对待犯上作乱的学生，基本途径就是杀一儆一屋子。

　　这时候，寝室长就是那个倒霉的献身者。

❖5❖

　　一般闲着没事想思考什么私人问题的时候我都是坐在我们学校里面的那片草地上，这里环境不错，自然精神就会比较集中，精神一集中我就自然会想起找女朋友的事情来，想起找女朋友的事情我心当然就会乱就会烦，而这个时候我就会自然而然地想起简单。

　　简单的那个短信我一直没回，因为我不知道她是撩我还是逗我。我想也许我该把我和简单的关系更明朗化一些。

　　我坐的那片草地有个大牌子，上面写着八百度近视也能看得清楚的六个大字"严禁践踏草坪"，原因之一是大学生近视的比较多，而又有些人比较爱美、爱漂亮所以不常戴眼镜，所以字当然一定要大，不然那些近视眼跑进草地去乱踩乱踏怎么办？字很大，而且有六个，所以牌子自然也要做得非常大，不然这可怎么能容得下那六个大字？草地上有块牌子写上"严禁践踏草坪"的六个大字，那当然是因为这片草地是用来观看的，也就是说这是给人欣赏的，而不是给人来踩来踏，当然更加是不允许坐的，这些我当然全部知道，好歹我也是一个大学生，不是扫盲班的文盲同学。但是现在是星期日，所以自然会没有人来赶我、罚我，我爱坐多久就坐多久。

　　每个星期天我都会在这里坐一下，一来可以构思小说，毕竟我是个爱好文学的知识分子。二来想一些比较隐私的事情，这个心理是很怪的，好像在人多的地方想私事会随时被人窥视一般。

　　其实我们学校前面也有一块不大不小的草地，并且草地上也没有写着任何形式的警告语，那就说明那草地本就是给人休息玩乐的地方了，换言之就是可以随意践踏。但是我就喜欢坐在学校里面这个不准人踩踏，当然更加不允许人坐的草地上。前面我说过我是一个大学生，而在大多数的中国人眼中，大学生当然比大多数人都有知识有文化，像这种不文明不道德的做法当然是大学生所不齿的，但是我却做出了这种连我自己都不齿的事情出来。明知不可为仍为之的人不是傻子就是有病。

我当然不是傻子，这个很多人都可以为我证明；我自然也没有病，虽然这并不是很多人都能够证明，书上都说坦白从宽，抗拒从严，所以我当然要很坦白地告诉大家。那是由于我小的时候体弱多病，自然早已经把这辈子要得的病全都得完了，以至于现在我想生病都病不了，这可不是我胡吹，我们寝室那群厮可都能证明。事情可以追溯到上个学期，那时我们学校流行感冒，流行感冒自然和很多流行的东西一样，很多人都会有，就在我们寝室也遭受了这流行感冒的蹂躏达二周之久时我也没有染上流行感冒，所以后来他们就封了个"万病不侵"的称号给我。

我不是傻子，当然也没有病，而且我还是个有文化有学识的大学生，但是我却干出了大学生为之不齿的事情来。其实这并不是我这人爱犯贱，当然这是有个比较私人的原因的。那就是因为修这块地皮用的就是学生的钱，那也就是说我也出了钱修建它，可是平时它却容我踩一下都不行，这自然招我生气，为什么我出钱建造的东西而我却连踩都不能踩，出于这种仇恨心理，所以我理所当然要坐在里面，而且还时不时地躺下小睡一会儿，这才能解我半年多的积怨。

假如是你不小心摔倒了，虽然没有伤到筋骨，也没弄脏衣服，但是你的心情也是会不高兴、不爽快的，甚至可能还有点沮丧和悲伤。而如果此时再有一个人面无表情地走到你面前来，似乎你欠他钱似的来问你要钱，并且是义正词严地要钱，那么你当然是有着宰相般的心胸也会忍不住地要往那家伙脸上狠狠地砸一

拳了，因为这样的人实在太可恨太可恶了，简直已经到了要遭世人唾弃、万人践踏的地步。而打小人和贱人，这正是大快人心，十分爽快的事情，只是可惜这样的事情是可求而不可遇的。

我简直是太幸运了，因为连打小人和贱人这样的事情都被我遇上了，遇上这样可求而不可遇的事情，我自然得替人民大众剔除这样的社会残渣、败类，好出口心中的闷气。

诸如此类的事情我碰到过很多，我当时没有握紧拳头，当然也没挥拳打那人，我而是乖乖地摸出了十元人民币递了过去，然后还挨了一句"下次可别再犯同样的错误"的批评。我辜负了大家的厚望，请大家不要鄙视我，唾弃我，因为我心里也很难受。这倒不是我这个家伙胆小如鼠、做事畏首畏尾。

众所周知披袖章的人都是惹不起的，他不是学生会的至少也是一个保安部的人员，这一类人一般都有着特殊的权力。我说了许多，其实也只是再次证明我既不胆小也不怕事而已，但是我却不敢打那个家伙，而且还乖乖地把钱递给了他，最要命的是我还受了一句批评。其实我又说了这么多无非是想说这样的人碰不得，当然更加打不得，大家以后要铭记在心：因为这样的人是有着特殊权力的人。我打了他自己不记大过至少也得有个留校察看，为了这十块钱就毁了我一生的名誉这当然有点不值得，当然我是记住了这句名言的，"忍一时风平浪静，退一步海阔天空。"

我坐到学校里面的草地上不仅仅是因为以上的个人原因，当然它还有另一点。那就是学校里面这个草地的草比学校外面那个

草地的草的确是要长得好的，不仅好，而且干净，非但干净，最重要的还是不吵、不闹。我最近总是心事重重，自然喜欢安静的场所，这样才能好好地把事情想清楚，想明白。如果这里又脏又乱，又吵又闹，我自然不会来。

上面我所说的种种又显示出其实我是有点小人的心理，心胸不够宽广，不然这样的事情何必谨记于心直到如今呢？而且还拿来做了个比较无赖的借口。归结起来，我又是有毛病了。

我，想找个女朋友。这或许我真的是有病了。但是我身体非常健康，因为既没喝壮阳水也没吃汇仁肾宝，当然更加没喝太太口服液和吃乌鸡白凤丸，众所周知那是提供给女人服用的，我只是由于天气热而有点食欲不振而已。

我哪里有病？可是没病我找什么女朋友哪？

可是这病到底在哪里？在心里？心病……

爱情都是从吃饭开始的，于是我给简单发了一条短信：稿费到了，请你吃饭。

❖6❖

如果说乌龟的速度很慢的话，那拿乌龟跟某些人的办事效率比会得出什么样的结论？

坐在寝室楼的天台上，我们穿着厚厚的衣服，身旁放着几瓶啤酒，几袋花生米，还有许炎刻意脱掉的臭鞋子。

"幼稚的人和幼稚的人在一起没什么问题，成熟的人和成熟

的人在一起也没什么问题，成熟的人和幼稚的人在一起问题就多了。"徐大川冷不丁地蹦出这样一句来，还自以为很有学问似的用臭显摆的眼神盯着我们，好像在等我们说一些恭维的话。

"张扬，文学社的事儿到底怎么样啊，到底还办不办了，这堂堂一个学院难道你就眼睁睁看着它连个文学社都没有，难道你就不帮助一把，眼睁睁看着它如此堕落下去？"徐大川摆出一副道貌岸然的样子对我开始说教，"喂，我说你倒是回我个话啊，别以为装哑巴可以蒙混过关啊。"

为了学院第一个文学社的事情我很是郁闷，在被几个所谓文学爱好者逼迫的情况下我狠了狠心去找副院长谈判。也许经过我的三寸不烂之舌能把那铁公鸡副院长感动一下，拨点小钱给我做文学社的启动资金。不过，经过几次与副院长的交涉，事情并不如我当初想象的那样顺利。

"那铁公鸡说了，政策上是很支持我们搞文学社的，他还说他也是一名高尚的文学爱好者。"没等徐大川高兴起来我马上把话说完，"不过学校资金紧张，是不可能拿出钱来给我们做文学社筹备资金的，所以要想办文学社，资金只有我们自己想办法。"

许炎听完没有作声，李小辉和徐大川依然秉承他们脾气大的良好优点，咧着大嘴就叫唤开了："这不是废话吗，没钱让我们拿什么办文学社，我就不信这么大一个学校连几千块钱都没有？"

"今天叫你们来就是想想办法，看看能不能把钱凑齐……"

"这酒不错。""是啊，这花生米也很香呢。"这帮可恶的

家伙，平时大呼小叫的，一到关键时刻就掉链子，看来是指望不上他们了。

人哪，你就是装得再清高，在钱字面前还是照常沦陷，什么共患难，同吃苦。人的自私在随时随地不断地表现出来，只不过表现的形式不一样罢了。我曾经以为只要我挑头，即使再困难大家齐心也能把文学社给办起来，可事实是——当我不断去做这些，毫不畏惧，以为背后总有兄弟们的支持时，总是被现实无情地打击一把。回头看看，哪有什么兄弟啊，一片尘土。

❖7❖

"喂，哥们。听说我们班今天要转来一个美女。"一大清早，打饭归来的徐大川就在那儿开始散布一些没有任何营养的小道消息。

"你小子，大清早能不能安生点啊，说什么梦话啊，是不是做梦梦到美女了，像我们这种学校怎么可能有美女的吗！你没听说过那个传说吗，还在这儿叫唤。"我眼睛都懒得睁开，直接就对徐大川带来的小道消息进行无情的反驳。

"啥传说，啥传说？"一个小悬念就把徐大川这不长智商的家伙的全部注意力都吸引了过来。

"山艺的小蔓（青岛话，漂亮小女孩的意思），山大的汉，XX的恐龙满街转。咱这儿也就出几只恐龙还可以，最多也就出只食草的，啥时论到咱这里有美女了？"

"嘿嘿，张扬，这次你可栽了吧。我吃饭时听见咱班李媛媛说的，她是女生的寝室长，那转学来的美女东西都搬到宿舍了，难道还有假？"

"我看我该起床多少打扮一下了。"李小辉不知道什么时候早已起床把衣服穿好了，站在那里装深沉，要知道这个家伙虽然是寝室长，但平时星期天他不到下午两点是绝对不会起床的，看来这美女的精神食粮至少比我们学校食堂里的伙食有吸引力。

看着李小辉不断地开始往脸上头上擦化学物品，我心里一阵抽搐，你说好好一个小伙子，怎么就变成这样子了呢？

刚跟李小辉认识时，这家伙也算是个人物，并因随笔撰写的一篇奇文而全校皆知。说起这篇文章，那时刚进入大学，上文学课时老师除了讲一些生涩难懂的古文赏析就是让我们自由发挥写文章。一日，李小辉课堂上匆匆二十分钟造就奇文一篇，结果第二天他便随这篇奇文一起妇孺皆知，一夜成名。

学校里的榜有两种，白榜和红榜。李小辉的文章跟他的大名便张贴在白榜的正中处，得到消息后我们宿舍几兄弟赶忙跑去观看，榜前已经围了好多人，不少人都在夸这文章写得真够味。我仔细一看，惊叹李小辉也是个人物兼文学爱好者，便拉其一起喝酒去了，留下一帮人仍对其文章评头论足。

文章摘录如下：

今日，老师讲一字为"贱"，由此"贱"往上追溯，应该可以追溯到千万年前，即追溯到传说之中，简单地说，就是到人神

之初，盘古开天辟地之时。

　　先说盘古，开天辟地，拿的是斧头，由此算来该是武器之祖，便也是剑之祖，即"贱"之祖，如此我们完全可以肯定，贱并非由人类所创，乃在天地之初便有了其雏形。

　　接着来，女娲。女娲造人，人所共知，所造之人秉性相承，恶性相近，代代流传，战争仇恨嫉妒的大剧屡演不鲜，流传至今，无病呻吟者有之，坑蒙拐骗者有之，杀人放火者更是不计其数，其"人"者，外表和善，内心丑陋，且长短不齐，由此而深嫉恨种种弊端，以天下间第一个女神的能力，要造人完全可以造得完美得多，在现在看来，我们不得不承认女娲完全是继承了盘古开天辟地之时"贱"的精髓。为何是精髓，此是后话。

　　再看后羿，传说英雄，射九日，救苍生，所用何利器，箭也，贱也，九贱穿九日，可谓开始把"贱"的奥义发扬光大，另世代仰止，贱之威力也由此可见一斑。

　　后羿之妻，偷灵药，奔月宫，一己私心，惹得碧海青天夜夜心，怪谁人？怪自己。她只能怪自己，误解了"贱"的秘密，从此"贱"字走向歪道，也开始衍生了另一个贱派，换句话说，世间的第一个贱人，就在此时诞生。

　　回归历史，尧舜行"贱"之正道，禅让，再禅让，偏要给有能力的人，就不给自己的子孙，然后就出现了个大禹，此人起初绝对也是努力行"贱"之正道，这点我们完全可以从"三过家门而不入"的典故中看出来，确实够贱，也树立了一个"贱"的光

辉形象，不过可惜，老年练"贱""贱"到走火入魔，开始产生了人类史上第一件邪道的"贱"事，就是把位子交给了自己的儿子，启。于是有了第一个朝代，夏。人类的"贱"史开始拉开帷幕。

我想我们完全可以抛开夏桀商纣邪贱门歪贱道不说，直奔周朝末年，即春秋时代。简单地说，我想推崇一个人：越王，勾贱。勾贱之贱我个人认为把他推到后人世代景仰的地步绝不过分，"贱"道在他身上正可谓光芒四射。卧薪尝胆，肆意虐待自己，练就"贱"术，终于在"贱"道之中悟出了正史里的第一个"美人计"：西施。在此，我真是不由得要代表贱行的同仁们向这二位"贱"术界的前辈鞠躬敬礼了。偌大一个吴国，就败给了勾贱的一个"贱"字。

战国末年，"贱"道可谓开始史无前例的鼎盛。百家争鸣，孔子庄子墨子韩非子等等等等，使出浑身"贱"术，开始立言著书。而历代把孔孟尊为圣人，我们"贱行"觉得这完全是有道理的。仁学曰："明之不可为而为之。"确乃"贱"之根本。

战国之后，秦大统，之前苏秦张仪斗"贱"，秦朝和六国打得天翻地覆，再有始皇"焚书坑儒"，到刘邦项羽，项羽之败其实就败在硬受刘邦一"贱"，却不许项庄舞"贱"，最后自刎，实在是"贱"字对历史的一个教训。之后刘邦建汉，"贱"得无法无天，杀功臣，害忠良为汉的灭亡提早埋下一个隐患，到三国，贱人一堆，走向"贱"史的顶峰就不必再提了。

魏晋时期，一群文人雅士发扬风格，倒也贱得有声有色。

如此总总，不必多举，跳入隋唐，一位集"贱"之大成者，在等着我们呢。

不说杨广，且看武后。此人真是贱出了一个前无古人后无来者的壮举，一个"贱"字奠定了女权在中国的基础。如果说之前女人是牛马，那么之后女人至少也成奴隶，站在今天看中国第一个女皇的这一"贱"举，却是依然有着很深的现实意义。所谓"贱"就是要不断打破传统，不断进行新的探索和发挥，这样的贱，才算得上是意义深刻。不管她曾杀女喝婴儿汤又或是胡乱造字，这些事也确实"贱"得让人不齿，然而，她"贱"的功绩我们是不可磨灭的，如果说越王勾践是"贱王"，那么武则天绝对是当之无愧的"贱后"。

之后的宋元明清，简单地可以用一句"江山代有贱人出"概括掉，当然还是有几个人物不得不提。成吉思汗，贱得最远的一位，竟然"贱"到欧洲去了，确实让人汗颜。朱元璋，从乞丐"贱"到皇帝，了不起吧。康熙，千古一贱，当是贱人们的偶像。

之所以省略这么多是因为大家对"贱"史都该有个简单的了解了，在建设银行成立之后，我们一群志同道合的朋友决定组织"N贱行"，希望能为"贱"道的复兴贡献一点微薄的力量。我们应该在沉沦中挣扎，在命运中反抗，在好与坏，红与黑，罪与善中贱出一翻新的事业。

现在，请大家走到镜子前，看看里面的"贱"人，然后对自己说："女娲把我造成这样，真是用心良苦。"

❖8❖

"请问张扬在这个寝室住吗？"正讨论着美女突然有客到访。"在在在在。"那三个王八羔子也不管我穿没穿衣服就一起闪开过道那些不知名的人进了屋子，多亏我腰带系得快。我赶紧整理了一下衣服，那感觉就像他们是扫黄人员似的。"我就是张扬，什么事？""我们是东院文学系的，想找你商量点事。"他们中一个长得挺高挺帅介绍了一下。李小辉不愧是寝室长，不知什么时候弄来几把椅子放在了他们屁股下边，客气地嚷嚷着："别站着别站着，到这就跟到自己家一样，坐坐。"然后我们寝室的几个兄弟也一排坐在下铺的床上，整的气氛还挺严肃，跟商务谈判似的。

果然！这些人又是为了办文学社的事情，一大早就集合了几个他们认为最有魅力最有说服力的几个帅哥来游说我，再去为民请愿一回。我就奇怪了，难道他们就不知道同性相斥这个道理吗？"哥们，我们都说好了，明天你当老大去请愿，然后我们组织文学爱好者罢课在学校游行，用实际行动支持你。"这，这不是把刀架在我脖子上逼着我去呢吗，不去都不行了。无奈答应以后我想了很久。"我们是男人吗？"我问李小辉，这小子放下手中用来装模作样的《莎士比亚》，上下把我打量一番。"我们基本上还算是男人，你吗……不好说。"还没等徐大川等人笑出声来我已经把李小辉一脚踹下床去了。

第三章 只手遮天

❖1❖

"你怎么又来了？"秃头副院长开始就劈头盖脸地来了一句。

秃头副院长脑袋上的头发和他脑袋里文学细胞一样落后贫瘠。不，这个比喻不怎么恰当，头发怎么能够和文学细胞相提并论呢？副院长的脑袋上还有几根头发在迎风飞扬，可他脑袋里一点文学细胞都没有。

来之前我就知道会有这样的结果，我都已经习惯了。只是身后那百十名文学爱好者给了我莫大的勇气和力量，要不我才懒得再跨进这个办公室一步。更何况今天还带着徐大川、许炎和李小辉一起来的，挨骂也不只我一个人。

那三个兄弟也好不了哪儿去，均是没头没脑领到了一顿免费的痛斥。

"难道你们也是那什么所谓的文学爱好者？学校哪有那什么闲钱给你们办文学社，再说了学校不是有文学鉴赏课吗？还要那什么文学社做什么。"

听着秃头副院长一口一句那什么不知哪里来的勇气，也许是

班上新来的小美女给李小辉精神上的力量吧，他用只有自己才能听见的声音说道："副院长，其实文学社就是给文学爱好者一个平台发展，这个办好了对咱们学校也有好处啊，更何况也用不了多少钱，无非就是写印刷费一类的。"

没想到看起来五十多岁的秃头副院长听力真是无比灵活，他一只手拢了拢头上徐徐飘扬的几根残毛，另一只手激动地朝着李小辉点来点去：

"你，你这个学生哪来的？想当年我们上大学时也没有什么文学社，这不是照常都过来了吗？告诉你们，我也是文学爱好者，但我不像你们那样只注重什么外在因素什么平台，我注重的是我身为文学爱好者的内心。那什么，你们心里有文学，那自然就可以了。再说了，你们那点水平我还不知道？整天写些乌七八糟的什么情啊爱啊，就你们要什么文学社，我坚决不同意。还是那句话，要办你们自己出钱办去。"

"副院长说得对，"徐大川一边频频点头一边冲我使眼色，"副院长，您当时都看些什么啊，说真的，您那个时代能做个文学爱好者可真是不容易，国家那么乱，男人都被抓去当兵打仗了。"

他们都说有过恋爱经历的人比没有过的更成熟，这个富家少爷经过爱情的洗礼果然比我更聪明老道。秃头副院长听了这话显得很高兴，摇头晃脑地答道："我当时都看钱中写的《围城》什么的。"我简直当场跌到了，这个秃头愣是把钱锺书名字的最后一个字做了古文翻译。

　　许炎和李小辉在徐大川背后夸张地做了一个捂住胃的动作，我也有点受不了了，再憋着笑脸都要抽筋。

　　"那个，院长，《围城》的作者是钱锺书吧？"徐大川突然说道。我听到这句话，马上收回刚从对徐大川因为谈过恋爱而比我们更成熟的表扬收回心中，并且很不顾兄弟情谊地从背后给了徐大川一记小小的"提醒"。我真的只是"小小"的提醒而已，那一拳我真的没有用力，只是力度恰好全副院长室的人都听见罢了。

　　赶在徐大川开口之前，我赶紧上前安抚副院长就快要翘起来的几根毛，"院长，是钱中，哪来的钱锺书啊！徐大川没什么文化，就怪他爱好文学却没有交流的平台，总是看了点盗版书就以为自己爱好文学成了文学小青年了。副院长你看，徐大川就是鲜活的例子，大学生文学基础知识的普及迫在眉睫呀！您说，咱这个文学社有没有必要？"

　　还没等副院长开口。李小辉也一把拽过徐大川，把自己凸显到夺目的位置上，昂首挺胸地大声说："副院长，我们都是热血男儿有志青年，我们需要文学的熏陶和文化的培养，我们才能成长为祖国优秀的人才。而现在我们已经不仅仅满足课堂上正常的授课了，我们强烈要求更多一点的时间和更多一点的空间，来填补我们不断增长的求知欲。"

　　副院长一时间被李小辉突如其来的发挥震慑得有点摸不着头脑，可是李小辉还没完了！

　　"院长，我知道，目前学校的矛盾是我们不断增长的求知欲

望和学校有限的资金供应。但是，我们要努力克服这种矛盾，将我们爱好文学的信心保持一百年不动摇，坚持党的基本建设，与时俱进，力争在三个代表的旗帜下，将我们的文学社办得轰轰烈烈灯火辉煌！"李小辉终于慷慨激昂地说完了他有史以来最伟大的演说，以至于我们都怀疑当他当上寝室室长的时候我们没有给他机会发表就职演说，让他憋坏了。

不过不管这么多了，只要副院长被打动了就成。俗话说得好，不管黑猫白猫，能抓到老鼠的就是好猫。现在的情况也是如此，不管是徐大川还是李小辉，只要能征服副院长的，就是我校文学社开国元老。

当李小辉说完那么多可能他一辈子也无法说出来的经典话语的时候，我，许炎，徐大川都用崇拜的，饱含感情的，充满期待的目光看着副院长大人。确切地说，只有我，我看的是副院长大人头顶上那所剩无几的几缕头发，是否还在风雨中飘摇，是否会随着李小辉的话起伏摇摆，是否会在李小辉做出最后一个总结性大动作的时候震撼得上下波动。我突然发现，副院长大人头顶的毛，完全成了副院长大人情绪的晴雨表。

果然，不孚重望！副院长大人头顶的那几缕可爱的发丝，在李小辉大手一挥做总结性动作的时候狠狠地颤抖了几下。随后，副院长大人一个箭步，踏到李小辉面前，紧紧握住了李小辉同学的手猛烈地摇晃了几下，激动地说："知道21世纪最缺的是什么吗？人才啊！人才！"我们闻言也激动起来，虽然心里对"李小

辉是人才"这个显而易见的陈述句略微有些不满意外，还是没有什么好计较的，眼睁睁着文学社就要成了，好兄弟讲义气，这些小事就不用计较了。

"院长，您答应我们办文学社了？"李小辉也是满眼放光，紧紧握住副院长的手像遇到知音般两眼含泪紧紧摇晃了几下。

"好孩子，你真是人才啊，刚才你一席话点破了我心中一直不明白的内情。你说，我们学校当前的矛盾是学生不断增长的求知欲望和学校有限的资金供应，真是一点没错！我就知道我们的学生还是很上进很有想法和抱负的！这很好吗！作为副院长，当然要资助你们！资金问题是我的问题，和你们几个学生没关系的，我一定不能让你们困在资金方面举步维艰。"副院长说得信誓旦旦，满脸红光。

"院长你真是太好了！"李小辉激动地回头抱住副院长抱头痛哭！副院长温柔地拍着李小辉的背说出了让我们悔不当初想把李小辉痛揍一顿的话："我决定成全你们，我通知文学院张院长，你们全系新生，每晚加上一节自习，加学中国文学史，作为加考计入你们学分成绩考核！"

副院长的话音还没落下，李小辉已经因为受不了持续的折磨和打击轰然倒地。这真的不是副院长逼他，他只是自己想得太美好。恰恰我们副院长是一个特别为学生着想，无时无刻不为学生谋福利的好副院长。于是他下令让我们把李小辉抬去医务室而他居然快马加鞭地去纂写通知。

❖2❖

果不其然，当我们扶着持续装傻想博取我们同情而不挨痛揍的李小辉回到宿舍的时候，校广播台已经通报了这条"振奋人心"的通知。而且通知还特别注明，大一新生全体都要自习学习中国文学史，没有特殊情况，没有班主任批条者不得告假。

回到宿舍，我垂头丧气，徐大川恶狠狠地瞪着李小辉恨不得瞪出几个洞来。而许炎继续的沉默寡言好像刚才陪我们去的不是他一样。

可怜的文学院的那群哥们，我们出师未捷身先死导致他们的罢课抗议也进行不下去了。那几个为首的帅哥默默地走进我们的宿舍，默默地自己端凳子坐下，默默地看着躺在床上装死的李小辉同学，又饱含着埋怨望向我。看得我心里一阵紧张。徐大川站到我身后，握紧了拳头，就连许炎那个慢半拍的不合群的孤僻的家伙都走到我身后，一只手搭上了我的肩膀。看来，他们都怕那几个小帅哥对我动手。

"真的没有别的方法了吗？"为首的帅哥冷冷地吐出那几个字，害我一个激灵。这个帅哥可是那几个东院文学系中最帅气最高大的，我后来才知道，他叫江帆。这个暂且放一放，他在我今后的生活学习中多次出场，暂且不表，待到他正式出场时我们再来回顾这个时候的一段往事。就好像周星驰曾经在《射雕英雄传》里面跑龙套当官兵甲一样，直到很多年后，他成名了才有很

多人看出来，那个"射雕"里面跑在最前面的一个小兵就是他。

"我们已经尽力了。"我说出这话的时候自己都感觉有点抬不起头来，不过我们确实尽力了，谁能想到副院长那秃顶的脑袋还能想出这么好的法子来。难道这个就是传说中的"聪明绝顶"？

"我们还没有开始罢课支持你呢，你们就败了下来，你们太不够义气了！"站在一边的几个文学系的"小愤青"恨恨地说。

"对，难道要我们就此抛弃我们热爱的文学吗？啊，不能啊，我的文学我的母亲！你是我的恋人，给予我激情澎湃，你是我的母亲，让我心感温暖。"又一个大哥当场就给我抒情开了。可惜当时是说话，不是打字，当时也不知道"梨花体"这个事情，要不然我肯定会让他当场写下来看看是不是"梨花体"，果然不愧是文学系的哥们儿，上来就给我露了一手。

只有天知道我多想把他一脚踹到副院长室，有本事在副院长面前抒情去。看看副院长能不能取消晚自习然后给我们文学社拨资金。可是面上还得装作陶醉在兄弟的诗歌中，然后面露赞赏的表情。在我偷偷背过身做呕吐状的时候，不小心瞥见许炎和徐大川一脸菜色。估计这两哥们儿也被郁闷得够呛。

"我也热爱文学，我也希望我们学院的文学社能在我的手里崛起，然后发扬光大！"我赶紧接着那兄弟的诗歌抒情下去，不能冷场啊，万一打起来怎么办。"可是你们也看到了，我们几个去恳求了好几次可是副院长大人不点头，那我也不能轻举妄动啊！副院长说了，学校没有资金了，要咱们体谅体谅。"我硬着

头皮把副院长的话复述出来，不敢去看他们几个的脸色。本来就是啊，我尽力了，可是我掏不出钱来。

"副院长连这一点点款项都不能给我们拨过来？我们文学社不需要太多资金的，我们只是有一颗热爱文学的心。"江帆有点黯然，才子的气质顿时使他忧郁起来。还好我们宿舍清一色男人，不会被他紧缩的眉头吸引过去，但是也有点小小的被打动。看来帅哥和美女是一个道理，无论走到哪里，都是令人注目的焦点。

"金钱，你是罪恶的源泉！我一颗小小的热爱文学的心脏，被你伤害得百孔千疮！我的爱，在你的腐蚀下，变得廉价而肮脏。金钱，你走开！请还我纯洁的爱与梦想……"那位老兄又开始诗歌创作了。我快要忍不住爆发了！看来徐大川也和我一样的想法啊，他的脾气今天已经很克制了，否则估计桌上早已穿了好几个洞了，还是手掌型的。

"好了好了，快想想办法吧！"第一个忍不住的居然是许炎，"我说哥们，你朗诵一下你们的文学社也不会屹立在你面前啊，快点想想实际的办法才是真理！要不您把诗歌写下来，帮您递给副院长，让他明鉴你一片真心？"看来许炎和我的风格有点类似啊，我心中开始有点英雄惜英雄了。不过仅仅只是类似，可不是相同，你看我还是一个字都没说。

双方又不说话了，顿时气氛有点紧张，甚至可以用武侠小说里最常用的一个词来形容——"剑拔弩张"！

不知道为什么在这样紧张的对峙下，我突然想起在一个小说

里看到过的一段话，原话我不记得了，但是大意如下：

"念书的时候老师告诉我，大学就是一个社会。等到我读完了大学，才深刻地体会到了老师的良苦用心！大学确实是一个社会，还是一个黑社会。大一，要拜码头，入社团交保护费。大二，要帮助社团收保护费，跟着老大为非作歹。大三，当上小头目，可以带着自己的兄弟出去为非作歹。大四，金盆洗手推出江湖，拿着一张废纸一张的文凭找个苦力活，然后叼着香烟自嘲地唱着'我不做大哥好多年'。"

现在这个场景和那个语段是多么的相似，我们一群人还未入社团就在为了底盘而风起云涌硝烟弥漫。

那既然大学是一个黑社会，那我们也可以用黑社会的解决方式来解决。如果保护费收不到，可以威吓。如果地盘挣不到，可以决战紫禁之巅。那么如果合法的社团建立不起来，那么……突然，我心生一计！

"我有办法了，文学社办成，肯定没问题。"当我说出这话的时候，心里已经有了十成十的把握，可是如果那时候我像现在这么冷静的话，也绝对不会说出那样的话出来。一句话是一个责任，作为一个顶天立地的汉子，负责任当然是应该的，可是有些责任没有还是比有好得多。

❖3❖

一大早，李小辉就噔噔噔地起床了，跑进跑出跑上跑下地

搞卫生。我说这孙子是闹腾什么呢？今天是学雷锋日还是劳动节啊！真是不消停。

"我说哥们，您累不？"徐大川从被窝里探出头，满眼血丝地冲李小辉吼道。这哥们不知道昨晚干吗去了，至今睡不醒。不，应该这么说，这家伙每天晚上都这样。晚上精神抖擞白天萎靡不振，属猫的——夜猫子！

其实我也受不了，我虽然不是徐大川那种，不过我也差不离啊，都习惯了晚上写稿子白天睡觉的日子，你让我一大早怎么醒得了？虽然我知道太阳公公当空照，小鸟儿都起床了，那什么什么背着小书包。可是我不是不用背小书包了么，真是吃不消李小辉啊！我也快"揭竿而起"了！

"我说大哥，我知道你是室长知道你是模范标兵，但是你用得着这么早就打扫么？"我忍无可忍地用枕头蒙住了脑袋，哎哟我的大哥呀，给我留条活路吧，今儿个可是星期六啊！

"嘿嘿，你们也都别睡了，都起来。今天是重要的一天，美妙的周六啊！"李小辉完全不理会我们的埋怨和仇恨的目光，反而嘻嘻哈哈地来掀我们的被子。只有许炎不吭气，顺从地从床上爬起来。我们两个都无奈地看着李小辉明显的桃花眼和满面春风的笑脸还有那一头苍蝇爬上去都能跌下来的油光可鉴的头发。

"你到底想干吗？"我一巴掌抓住李小辉那雪白的衬衫领子，把他拖翻在床。凭我高度敏感的娱乐神经早就感觉到了李小辉的不对劲儿，而且这里头还大有文章，绝对不是一点点的不对

劲儿，而是很多点点的不对劲儿。

"哎，别弄我的领子，我就这一件衬衫！"李小辉挣扎着鲤鱼打挺般从我床上爬起来，"别闹了，快起来，今天有美女来我们宿舍联谊！"终于说出真相了，我说呢，这小子人模狗样的还打扮起来了！

"哪有美女？美女要来？"徐大川一个激灵，从床上翻身而起，眨眼间牛仔裤T恤衫已经套上了身。

"我说你怎么就对美女感兴趣啊？"我嘴上肯定不放过徐大川，这臭小子总是仗着自己谈过恋爱就高人一等。我等虽然没有谈过恋爱可是笔下的才子佳人也是一对一对的竞相产生不落人后啊。此次文学社事件我一刻不停地来回奔波想来也是劳苦功高，虽然还没有最后敲定可是我也是苦劳不可没啊，吹牛一番想必也能引来美女的青睐。

主意一打定，我也赶紧起床收拾。

那一天对我影响深刻，我们几个从来没有那么勤快过，把脏衣服脏袜子全都给洗干净了，清清爽爽地晾了一竿子，听说现在"男人不坏女人不爱"的时代已经过去了，女孩子都喜欢勤快的好男人。为了表现出我们宿舍都是好男人我们可真是下了血本。徐大川以前都一个月才洗一次衣服，臭袜子不堆到我们三个都受不了他才不会洗，可是今天，他唰唰地洗了所有的衣服，最后发现由于自己一个月才穿一条牛仔裤一条内裤一件外套导致绳子上晾的衣服少之又少，他恨不得把没穿过的新衣服都给下下水再晾上去。当然最后疯狂的举动还是被我制止了，因为我的衣服那叫一个多啊，我可以借几件让他晾绳子上。当然，借给他的代价就是帮我把那些衣服都洗了。

最后，徐大川说了句我这辈子都记忆深刻的话："张扬，你小子可是第一个享受我洗内裤待遇的男人。我告诉你，指不定我都不给我媳妇洗内衣呢！你可占我便宜了。"

我嘿嘿直乐，管他呢，你徐大川的第一次我还不稀罕呢！"你赶紧洗洗干净，洗不干净还不如别挂上去，女孩子一看这么脏，都不乐意进屋了。"我还要装作严肃地教训徐大川，对他的洗衣姿势和能力大加批评。

一上午大家的忙碌果然换来了优秀的成果，下午两点整，寝室门被敲响。那敲门声怎么听怎么悦耳，明显是个女孩子，又轻又清。李小辉第一个冲向前去，徐大川很想表现得积极一点可有碍于大男人的面子，怎么样也不能比我们激进吧？他可是谈过恋爱的有为青年！

"张扬，找你的。"李小辉的声音里很明显地有点垂头丧气。

"好小子，你还没成文学社的社长呢，你怎么就这么受欢迎了？"徐大川有点愤愤不平，又有点妒忌地看着我昂首挺胸地去会客。

"怎么是你？"我惊愕地看着门口站着的人，忍不住一身鸡皮疙瘩都出来了。身后一片嘘声，徐大川许炎两个偷看的都不感兴趣地缩回头，嗑着瓜子消磨着时间。反正美女还没来，形象的

事情待会儿再说。

"呵呵，看到我不开心？"江帆，东区文学系代表，也号称文学系系草的家伙堵在门口，一步不挪。难道他周六都不想放过我？可是不对啊，周六铁公鸡又不在学校，找我也是白搭，我又不是副院长我也没有经费，找了我文学社也不是马上就能实现啊！

"我给你们带美女来的。"江帆依旧笑呵呵地说出他此行的目的。

不是吧！东区的美女？东区有美女么？我真的不相信他们文学系能拿出什么美女来。

仿佛看穿了我的想法，江帆笑眯眯地又补充了一句："我邀请了我们东区外语系的几位美女来你们宿舍联谊。"

听闻这句刹那鲜花盛开的话语，屋里几个大声"讨论"着什么事情显得很忙的家伙一溜烟地跑出来，一字排开，精神面貌十分喜人。

江帆终于闪开了，顿时我们小小的宿舍光线充足蓬荜生辉！我早就说过，我们都是给点阳光就灿烂的，我们都是害虫，但是也爱好阳光。所以我们小小的天地也需要阳光的照耀，需要人文关怀，当然最需要的就是这样的美女来给我们生命的活力。

谁说美女不是太阳？我敢肯定地说，我们宿舍现在有5个太阳，而我这个号称处处是英雄的好小伙子，现在就不充当后羿了。

"你好，我们是外语系大一新生，我叫刘洋。江同学帮我们安排了这一次的联谊，我们都很感谢他。希望你们管理系的同学

和我们外文系的互相帮助共同进步。"一个身材姣好面容姣好举止大方的女生打破了我的遐想，她落落大方的自我介绍让徐大川等人激动不已。

"你好我叫李小辉，是这个寝室的室长。"李小辉在关键时刻总是能走在第一个，并且没忘记抱起他那本《莎士比亚》，我敢说，我绝对听见了徐大川和许炎咬牙切齿的声音。

"你也喜欢莎士比亚？"刘洋莞尔一笑，李小辉又没声了，晕的！

"你好刘洋，我叫张扬，我想我们不是兄妹吧？名字起的这么相似，是不是我们上辈子有缘呢？还是我们的父母料定我们这辈子能相遇？"我当然不甘人后了，向前一步，"轻轻"推开已经傻掉的李小辉同学，镇定自若地向美女介绍自己。当然，我也没忘记捎上徐大川和许炎，我可不是重色轻友的人，相反，我是个"好东西要和好朋友一起分享"的好男人。"这是我的兄弟们，这位斯文内向的是许炎，这位很有男子气概的是徐大川。"我一手一个，两手勾住两个兄弟的肩膀，将他们也推向5个美女。看，我多重视兄弟情谊！

几位美女一一自我介绍，说是美女，其实只能说是统称，绝对不代表全部的质量。以我的眼光看来，5个女生中能称为美女的，绝对就只有那个刘洋了。但是看来兄弟们都兴致高涨，一点都不在乎她们是不是真正意义上的美女。

不过李小辉有点"挑食"，他一直捧着《莎士比亚》跃跃欲

试地往刘洋面前挤，可是刘洋，呵呵，我可以毫不谦虚地说，她已经被我开场的幽默吸引住了。别的不说，哥们我也是堂堂七尺男儿啥都不少，虽说不能算英俊潇洒貌比潘安，但是也自有英武之气。在大学找个女朋友也是轻而易举的。

　　"张扬，你说自己是山东人，那对济南肯定不会不熟悉，什么时候带我们外语系的姐妹出去玩玩吧？"刘洋还真拿自己不当外人，一上来就要我带她们出去玩，哥哥我也不是没见识过世面，这什么情况我心里还真的有数。当然了，以前小说里我都是写男生想和女生进一步接触是利用周末同游的机会，可是今天是个女生提出来，我还真不好说。

　　"我以前也没有来过济南，不过我在济南有个朋友，开学的时候，还是她带我去吃的火锅。说实话，济南的火锅真不错，要不，今晚我们宿舍做东，请你们五位美女赏光怎么样？"我这个办法真不错，给了兄弟们进一步接触的机会。只是说起火锅，我突然想起了简单。

　　之前跟简单说拿到稿费就请她吃饭，吃饭是假，确定一些事情是真。可是这个礼拜为了文学社的事情我一直没有和简单联络，她给我发短信，我也都很简单地对付过去了。一想到这里，我就有种强烈的不安，不知道简单会不会生气。再一想，不好，简单都好几天没给我发短信了。

　　一想到简单，我就控制不住自己的心跳。

　　"张扬，去哪儿吃？张扬？张扬？"刘洋喊了我好几声，直

到身边的李小辉不满地推了推我，我才醒过神来。只能暂时把脑中的简单放到一边，提起神来对付面前这一堆男男女女。

从心里说，我对这些美女的兴趣不大。首先她们是江帆找来的说客也说不定，就算不是说客，那也是"美人计"。江帆不就是死活想要我把他心目中的文学社建立起来么？他没能耐说服"铁公鸡"，就一定要我帮他达到目的，还不惜拉来外文系的美女。其次，这些女的中，除了刘洋让我眼前一亮外，其他都姿色一般。

"张扬，你说晚上请美女们去吃饭，去哪儿呢？你说哪家火锅店不错？"徐大川对这个可上心了，火锅吃不了多少钱，他有的是钱也无所谓了，只要能得到美女们的欢心，破点小财算得了什么！

"啊？问我？我也不熟悉，你决定就好了。"我明白徐大川的意思，既然我已经提了这么有建设性的建议，那接下来的事情当然要徐大川这个大款去解决了。

之后就是一群人呼呼喝喝地涌到校门口的一家火锅店，对那个火锅店的印象我一点都不深刻，因为席间我一直在想着简单。想着即将到来的那顿饭，还有那句话。于是我很不幸地被灌了很多酒，最后被兄弟们扛回了宿舍。

只记得后来李小辉跟我抱怨，说徐大川不够哥们。至于徐大川为什么不够哥们我就不多说了，这哥们有了酒就能发挥，估计发挥得没给李小辉留余地。不过他们之间的那点破事我懒得管，

我现在每天正忙着给简单发短信，还忙着文学社的准备。虽然副院长那里还没有通过，但是我前期一旦准备好，到了铁公鸡的面前，肯定一举成功。

❖4❖

两个礼拜后，终于和简单坐在一起吃饭了，还是火锅，我就不明白简单怎么这么爱吃火锅，不是为我省钱吧？不过看她吃得开心还满头大汗的天真样子，我就满心欢喜。

"简单，其实今天我想请你吃西餐的。"第一次想向一个女孩表白，总是要郑重一点的，可是没想到简单还是挑选了火锅店。唉，嘈杂的环境，热腾腾的桌面，还有周围划拳的江湖大侠，你让我这话怎么说得出口？心里真郁闷，且口不能言。

"西餐？牛排吗？"简单脸红红的，可爱的舌头舔去嘴唇上的辣酱，让我更加怜爱。

"喜欢吗？要不我们现在去吃？"我急切地希望找一个浪漫的环境，让我好好地顺利地问出那一句话。

"才不要，我要撑死了！现在就蛮好了啊，多热闹。"简单真的是一个简单的小女孩，以前总觉得她是个文文静静的内向美女，但是我想她安静的外貌下面还有一点点直率的男孩子气。

我无语，低头喝酒，一大杯啤酒灌下肚，试图找回来一点点勇气。不知道简单喜欢的男孩子是什么样的呢？我这样的可不可以？又是一杯啤酒下肚，胃里翻江倒海，肚子里千言万语，还是

说不出口。

"你今天不开心吗？喝那么多酒干吗？"简单看着我一杯一杯的灌酒很奇怪。

"简单，我问你个问题。"我放下酒杯，眼睛却不敢看简单。

"什么事啊？你问好了。"简单一点都没有觉察出我的不对劲儿，还是像往常一样往我的碗里丢肉片和腰花。

"女孩子喜欢去哪里玩？济南有哪里比较适合男生和女生一起去玩？"我也不知道为什么话到了嘴边变成了这个问题。

"你要约会？我也不是很清楚，我不怎么出去玩。以前周末就在图书馆看看书，要么就上上网。"简单说得很随意，好像一点都不介意我真的要出去约会。如果我真的要出去约会，她也不介意吗？

"不是啦。上次我们学校东院那边外语系有几个女生和我们宿舍联谊，我是帮徐大川他们问的。"不管简单是不是真的毫不介意，我也不敢随便把这个事情往自己身上扯。别羊肉没吃到惹了一身臊，尤其是简单这只小绵羊我一点都不想让她逃开。

"要不我回去问问我们宿舍的姐妹们，她们应该知道。"简单的神色让我不敢再试探什么。简单就是简单，简简单单的表情，单纯的话语就让我说不出话来。我的幽默在简单面前无用武之地，更别提耍流氓了，那更是试都不敢试了。

一路沉默，只有晚风习习。

我送简单回她的学校，本想打车，可是简单却说她吃得太

饱，要走走。

走走就走走吧，我求之不得。即使不能手牵手，耳鬓厮磨。但是鼻息间有丝丝馨香入肺，也算是对我今晚的一点点安慰。不过郁闷的是，我咋就没种说那几个字呢？

要不，先牵住她的手再说？好像听高手说过，一旦抓住女孩子的手，再表白的效果要比空口说话的效果好得多。

那牵手，怎么牵？看着来来往往的行人，三三两两的情侣，人行横道线给了我启发。

红灯了，我们和许多行人一样停止在马路这边，我试探着想去碰触她的手。如果过马路的时候能顺利地抓住她的手，那我过了马路说什么都不放手，再找个安静的树下，含情脉脉地说出那一句话，简单是不是会被我感动？

正在我想入非非勇敢地伸出手的时候，简单的声音穿透马路上嘈杂的传到我耳朵里："张扬，你不走了吗？"我愣住了，抬头一看：完啦！身边空无一人，眼前是空荡荡的大马路，身边的人都过马路了，绿灯可亮堂了，简单在马路那头看着我对着空气伸出的"魔爪"！

这真是郁闷到家了！

我记得高手还说过，要么不抓，抓住了手，一定要握紧。不能让她有想抽手的欲望，更不能让她成功地抽出手！不过话说回来，我还没抓着她的手呢！

男子汉大丈夫！不就是一句话而已吗！说了就说了，结果无

非是两个：一，简单不要做我的女朋友。我失败，可是我说了，没什么了不起找别人再继续。刘洋也不错吗，哈哈！虽然刘洋那边是八字还没一撇的事情，不过好女怕缠郎，软磨硬泡不就手到擒来？我的幽默在刘洋那里还是挺能起作用的。二，简单答应了我。那这事情就更简单了，不就是一拍即合吗！最最坏的，简单从此远离我，不再做朋友！唉，这后果严重了点，不过我有办法弥补。做男女朋友不行，普通朋友没障碍吧？

关于这时的心理活动，相信无数男同学都曾遇到过，但我想还是曹三公子在《李斯与秦帝国》里面描写得透彻，不妨借用一下共同欣赏。

在西方的结婚仪式上，主婚的神父有一句话通常是必说的："你们当中，若是有谁有合理的理由，认为这桩婚姻不应该举行，请当着主的面，现在就说出来，否则，就永远不要说。"这句话貌似是为新婚夫妇着想，实则是在怂恿新郎或新娘的旧情人跳出来大搞破坏，把婚事搅黄。这就是谈判中常用的一招技巧，时间逼定。嘿，这是上帝给你们的最后机会，你们再不说，就永远也来不及了，连上帝也救不了你。

时间逼定的技巧，不仅可以用来怂恿别人，更可以拿来激励自己。司汤达的《红与黑》里，就有这样一个细节，在我年少时曾给我以巨大震撼：

十八岁的于连给自己定下了一个目标：在晚上十点的钟声响起时，他一定要握到德·莱纳夫人的手，并且留下。要成为德·

莱纳夫人的情人，这是他必须跨过的第一道关卡。莱纳夫人是市长的妻子，已是三个孩子的母亲，她不仅身份勉强算得上高贵，而且格外珍惜自己贞洁的名誉。于连却只不过是在莱纳夫人家里担任家庭教师的一个穷小子罢了。但是于连还是强迫自己接受了这样高难度的任务。他要征服莱纳夫人的精神和肉体，更要借此来锤炼自己的灵魂，使其变得更加坚强。

当天晚上的花园里，莱纳夫人坐在于连旁边，在莱纳夫人的另一边，坐着她的一位朋友，德尔维夫人。

交代完大致的背景，让我们来直接品味司汤达精彩绝伦的原文。

于连一心想着他要做的事，竟找不出话说。谈话无精打采，了无生气。

于连心想："难道我会像第一次决斗那样发抖和可怜吗？"他看不清自己的精神状态，对自己和对别人都有太多的猜疑。

这种焦虑真是要命啊，简直无论遭遇什么危险都要好受些。他多少次希望德·莱纳夫人有什么事，不能不回到房里去，离开花园！于连极力克制自己，说话的声音完全变了；德莱纳夫人的声音也发颤了，然而于连竟浑然不觉。责任向胆怯发起的战斗太令人痛苦了，除了他自己，什么也引不起他的注意。

古堡的钟已经敲过九点三刻，他还是不敢有所动作。于连对自己的怯懦感到愤怒，心想："十点的钟声响过，我就要做我一整天里想在晚上做的事，否则我就回到房间里开枪打碎自己

的脑袋。"

　　于连太激动了，几乎不能自已。终于，他头顶上的钟敲了十下，这等待和焦灼的时刻总算过去了。钟声，要命的钟声，一记记在他的脑中回荡，使得他心惊肉跳。

　　就在最后一记钟声余音未了之际，他伸出手，一把握住德·莱纳夫人的手，但是她立刻抽了回去。于连此时不知如何是好，重又把那只手握住。虽然他已昏了头，仍不禁吃了一惊，他握住的那只手冰也似的凉；他使劲儿地握着，手也战战地抖；德·莱纳夫人做了最后一次努力想把手抽回，但那只手还是留下了。

　　于连的心被幸福的洪流淹没了，不是他有多么爱德·莱纳夫人，而是一次可怕的折磨终于到头了。"

　　整部《红与黑》里，我最爱这个细节。于连便是对自己下了时间逼定的咒语："十点的钟声响过，我就要做我一整天里想在晚上做的事，否则我就回到房间里开枪打碎自己的脑袋。"为了保住自己的脑袋，还有什么手不敢牵？还有什么险不敢冒？

　　思量至此，我跺跺脚决定一吐为快，免得委屈了我今晚的一顿火锅还有我憋了半天的一肚子话。

　　"简单，我还有个问题问你。"我低着头，数着两人的步子不敢抬头。

　　"嗯？说吧。"简单好像特别开心，话音里都透着喜悦。

　　"做我女朋友好不好？"终于说出来了。好像没有想象中的

艰难吗！就这么一句话而已，我怎么就憋了一晚上了呢？不过还是有点紧张，不知道简单会怎么回答。

"好啊！"简单的回答果然如同她的名字。

路灯之下，两个字出口，瞬间银瓶乍破水浆迸，铁骑突出刀枪鸣！

这下子轮到我愣神了。就这样？我问她愿不愿意做我女朋友，她说好啊。然后这事就算是结了，我心里的一块心病就这样去掉了？这是真的吗？我突然觉得自己有点呆，而且不是一点点的呆，是很多点的呆。简单还是那个简单，捂着嘴看着我乐，而我就那么傻在那里不知道接下来该怎么做。

正当我手足无措之时，突然感觉脸颊一股温热，正当我反应过来之时，简单已在三步之外，笑靥如花："早点回去休息，傻瓜！"

忽如一夜春风来，千树万树梨花开。

"大川，你掐我一把。"直到我回到学校并拉了徐大川出去喝酒之后还是晕乎乎的。我握着啤酒瓶很认真地对徐大川说让他掐我，我真的很想证明一下我不是在梦中。

"你有病吧？"徐大川不满地瞥了我一眼，往嘴里丢着花生米，根本不搭理我。"要我掐你不会自己去撞墙？"

"让你掐我一下哪儿那么多废话？"我更郁闷了，这大哥吃坏了脑子了吧？

"去你的！"徐大川一巴掌拍在我后脑勺上，有点疼，不是梦。

"早掐我一下不就完了？废我这么多话才打我一下。"我笑嘻嘻继续去逗徐大川，徐大川受不了又给了我一拳。两人马上嘻嘻哈哈地闹成一团。

"你小子今天碰上狐狸精了？"徐大川又给我开了瓶酒，我们两蹲在马路牙子边一边喝酒一边胡说八道。

"狐狸你个头！我今天把简单搞定了。"说起这个，我还是很得意的。生平第一次告白就大获全胜，我怎么能不到处炫耀？徐大川这小子没什么可说的了吧？现在他可不是一枝独秀了，我也算是半个有经验的人了。

"什么简单搞定了？"徐大川迷瞪着醉眼看着我。你看我一喝酒就糊涂了，徐大川又不认识简单，搞什么搞。

"简单是一个美女。今天答应做我女朋友了！"我居然一点都不介意徐大川什么都不知道，愿意给他一点点解释。

"你小子好样的！"徐大川满嘴的酒气喷过来，我的嗅觉虽然不舒服但是心里还是很舒服的。任何一个男人碰到现在这样的情况心里都是很满足的吧！

这个结果出人意料但是让我满意啊！啤酒花生兄弟情，明月星空梦中人哪！我美得有点找不着北了！

❖5❖

"张扬，找你的。"大家都在睡梦中，电话闹腾了半天，还是李小辉架不住那噪音爬起来接了。

"跟他说我还没醒，不接。"我才不管是谁，我酒还没醒呢，晕晕乎乎的。

"她说她叫简单，问你吃不吃早餐。"李小辉无奈地抱着棉被站着走道里充当着广播站。

我一下子就醒了，简单！早餐！起来！

"大懒虫，我知道你肯定还没有起来，不过我有个很重要的问题要问你，现在我在你们学校食堂等你，你快下来。"简单什么时候说话这么快而且简洁了？我一下子真的反应不过来，不过这气势我还真有点不服不行的味道。赶紧一连声地说好，穿衣下楼。

简单帮我买好了早餐，坐着等我。一点没有改变的打扮，可能是我还没睡醒的缘故，我总觉得简单的脸红扑扑的，不是生病了吧？

"简单，你脸怎么这么红？是不是昨晚冷风吹的，感冒了？"其实那时候的我，真的很傻。

"没有。你吃早饭吧。我想问你，昨晚你喝醉没有？"简单的脸更红了。

话说到这个份上，我再傻也明白是怎么回事了。嘴里的豆浆一股脑儿涌向嗓子眼，我呛了一下，脸红了。要不怎么说没经

验就和徐大川有区别呢？我相信，绝对相信换了徐大川现在在这里，不光不会被呛到还可能顺势就握着了简单的手，山盟海誓瞬间就出来了。

我很想模仿下，可惜这里是食堂，不是梧桐树下。

我困难地克制住咳嗽，放下手里的包子，鼓起勇气伸手抓住简单的手："简单，我没醉，我是认真的。我想好好照顾你，每天让你吃火锅，做我女朋友吧！"

简单的脸更红了。其实我的脸也红了。在XX学院的那个食堂，我对简单说出了我那时唯一能给的承诺，不过我相信简单能感觉到我的真心，不会被桌子上的包子引去注意力。

如果上天能再给我一次机会，我一定会告诉简单，我想找一个优雅的处所，品着红酒，吃着牛排说出一番深情的情话，不会让简单在油腻腻蒸汽萦绕的食堂正式成为我的女友。

温柔乡是英雄冢，可惜我不是英雄，我充其量是个流氓，可是我是大流氓。所以简单不是我的冢，是我的港口。

天知道那时候我胸中有多少豪情，而这些豪情都是为了眼前的这个女孩。

但是手机响起来的时候我知道我目前还不能沉醉下去，因为那里还有个该死的文学社在等着我。

"我是张扬。"我接起电话对江帆说，我知道这个催命铃一时半刻肯定完不了。我示意简单和我一起走出门，然后不由分说地挂掉了江帆的电话，然后还关机了。因为我决定，这个美好的

周末不能就这么浪费在江帆那个臭小子身上，应该和简单一起出去走走。

简单不愿意和我出去，她的理由和她的名字一样简单：不能妨碍我办事。你说找这么个懂事的女朋友是该开心呢还是该叹息？一切可都是为了我好，我微笑接受。

"今日痛饮庆功酒，壮志未酬誓不休。来日方长显身手，甘洒热血写春秋。"一边哼着京剧一边兴奋地回到宿舍，正当我心情舒畅之时，耳边传来了那熟悉的声音："你小子现在找你一次不容易啊！要不是在这里守株待兔，我今天是不是还逮不到你了？"江帆可真阴险，他居然端坐在我宿舍的床上霸占我的书本霸占我的枕头还霸占我的耳机。

"行，你都来了，就说吧，今天又有什么事，我不是都安排好了吗？等明天铁公鸡一上班我们就去他的办公室，争取这周就把这个事情办了，你看怎么样？"我慢腾腾地给自己倒了杯茶，我才懒得理江帆。江帆是个头脑机灵的主儿，但是绝对不是一个干大事的主儿！磨磨蹭蹭啰啰唆唆跟婆婆似的，这话我们只能在这里偷偷地说，可不能让江帆知道我们说他跟娘们儿似的，他会翻脸。

言归正传，总之一句话，我明天非要去搞定这个事情不可，免得有一天人家误会我们宿舍什么时候成了文学系的宿舍。

"那好，我们出去喝酒。"江帆听我明天一定去把铁公鸡搞

定，一高兴就露出了马脚。原来这家伙的斯文也是装的啊！

喝酒那就少不了徐大川是不是？反正是江帆请客，我们全宿舍到齐。但是我们纯爷们的聚会又被一个女人——哦，不，一个对女人念念不忘的家伙——李小辉同学破坏了！他挂念着外语系的那几位美女，要江帆把她们一起带出去。

敢情江帆也是一个钱多烧得慌的主，居然爽快地说好，一通电话，哥儿们几个就在校门口等那几个姐们了。

一路上我们几个都在挑逗李小辉，要他说出是看上了哪个姐们，等我们把手头的事情搞定了就一起帮他追那个女生。李小辉平日里话多得要命，可是那天从头到尾就像个死鸭子，嘴硬得用酒都没撬开。

最后李小辉被我们一群人灌翻，跌跌撞撞搬回宿舍的时候还在嘴上欺负我们："想知道我喜欢谁不？想知道不？我就不告诉你！我就不告诉你们！我死活不告诉你们！哈哈哈！"由此可见李小辉丝毫不值得帮助。当然关于李小辉后来追求那个未知数女生的时候，我们兄弟几个可没有少出力，不过这是后话，暂且按下不表。

❖ 6 ❖

"院长好！"一大早，我们几个打扮整齐各个面带微笑一字排开站在副院长室门口恭候着副院长大驾。说我们像国家栋梁之材不是说我们平时不像栋梁，而是我们今天特别像而已。

"你们怎么又来了？"副院长看到我们就头疼，眉头皱得拉不开不说，连头顶那稀疏的几根毛发都微微颤抖，当然我也可以理解成今天的风比较大。

"是这样的院长，我们经过一个星期的思考和准备，我们找出了三点我们必须建立文学社的理由，并且我们已经解决了资金问题。"我才懒得理会副院长的问题，直接把我们的成功战果汇报一下。反正铁公鸡看重的是资金问题还有就是自己的工作成果，要是我们能自己解决了他解决不了的问题，还能把工作成果给他端到盘子里在送到他嘴边，我就不信这只贪婪的铁公鸡不张嘴！

"哦？那你说说你们有哪三个理由？"副院长一边开门一边饶有兴趣地询问我准备好的策划案。其实我知道，副院长最想听的是我们怎么解决了资金问题。

"我们文学社的建立，是我们学院办校以来第一个由学生发起学生组织和管理的社团。取之于民自然用之于民，我们的资金全部来源于每一个入社的学生所缴纳的会费，当然还有我们拉来的民间企业的赞助，我们所做的一切也都是为了我们的学生。"我在副院长坐到那个媲美大公司总经理的大办公桌后面之前，已经把我们的资金来源简单地阐述清楚。接下来该说的，就是必须成立的三大理由了吧？

"那说说理由吧，必须成立的理由。我比较想听听学生们的心声。"副院长微笑着甩开手里的策划文案，示意我们都坐下。

"首先，我们的资金来源于同学们的热情，为了不辜负他们热爱文学的激情和愿意出资赞助的热情，我们需要建立这个社团。"我并没有坐下，我觉得我站着跟这个铁公鸡对话更能显示出我的气势和能力。"第二，学校没有文学社，愧对有文学系这个专业。试问还有哪个高等院校没有文学社？我们不能在全省的院校中落后。"说到这点我就郁闷，有这样的副院长吗？不是要工作成果么？连个文学社都没有。"第三，我们文学社要发行刊物，是为校刊，可以定时定期传达学校各级领导的精神和建议，可作为学校与学生沟通的快速通道。"最后这一条是我衡量再三才做出的决定，要是一个社团不能为学校带来任何好处的话，就算我们能为学校省掉经费，也是不可能通过副院长这关的。

"嗯，你们的想法不错吗，文案放在这里，我们校领导再研究研究。"副院长的表情深邃，看不出来什么门道，还跟我们打起了官腔。

"院长，我们还有一件东西要给您过目。"李小辉这次绝对没有说错话，他展开一个条幅，这个就是我们一个礼拜以来"四处活动"的战果——万人签名支持学校文学社的建立。

副院长一点都没有察觉到我们已经活动来了这么一条"万人签名"，当然，我们要给他见识见识我们学生的力量是一定要隐秘而有震撼效果的。

"那这样吧，我们还是要和你们的已经主管社团的老师讨论一下的，明天给你们答复好吧？"副院长有点松口了，这就是我

们想要的结果，已经很不错了。看来我们可以撤退了。

"谢谢院长，我们就不妨碍院长办公了，我们先走了。"江帆得体地告退，斯文的气质和优雅的动作让副院长满意地点点头。

一出副院长室，我们几个按捺不住心中的兴奋，击掌大喊。忽然意识到这还是副院长室门口，一声呼啸全部跑掉。

"你小子不错啊，有点才气！"江帆举着酒瓶拍着我的肩膀原形毕露。我真的没看出来这哥们还有这么"粗犷"的一面。

"小意思小意思。混大学当然要有点才气，是吧？"我也喝多了，开始口不择言自吹自擂，还好这群爷们都喝得八九不离十了，没几个听我说话，都在回顾自己在副院长室的"英雄战绩"，哪怕那个一句话都没说的徐大川也能对着许炎吹半天。

"你说明天，我们会有好消息吗？"江帆又来了，看来再怎么会喝酒他也不是纯爷们啊！

"有句话叫什么来着？今朝有酒今朝醉，明日杂事明日忧！"我更加豪气冲天，开始改编诗歌。

结果可想而知，一片讨伐声扑面而来。大家都是文学爱好者啊，有谁听不出来我改编了啊？喝酒了也是文学爱好者！现代文学爱好者的标志就是大碗喝酒大口吃肉，文武兼备说不上至少也有点武者的能耐吧！

那时的星空都比现在的耀眼，那时的不顺都能那么平静地度过，还有那时对学校的不满也仅仅是口头表达。再怎么把学校骂

得狗血喷头，回头和别校小流氓打架的时候还得扬扬自得地给人撂下狠话："我们XX学院你们惹得起么？"

学校没什么不好，只是当我们在其中的时候感觉不到。

一周后，文学社成立。锣鼓喧天，鞭炮齐鸣。

毫无悬念，我张扬，社长。他江帆，副社长。李小辉，徐大川等人也大小分到了"爵位"，就好像一个帝国的建立首先要做的是按功封赏，割地封爵。一番折腾下来，我们文学社颇具规模：社长正副各一个，干事三名，社员若干。当初所有帮我们为文学社出力的，我们都不遗余力地给予了感谢和吸纳。当然，这些功臣是不需要为我们的文学社出钱的。江湖卖艺的说了：有钱的出钱有力的出力，既然人家都出了力了，那出钱的当然不能再找他们了。

不过出力的这些群众也真的不错，个个精神饱满干劲儿十足。那时候的充实和快乐是之后的几年再也找不回来的。很多人都觉得大学很空虚很寂寞，可是我觉得我很成功很快乐。我是文学社的社长，重担在身，一点都没有感觉到大学的不好反而深受党和国家的号召积极地为自己的事业努力努力再努力。

可是光努力不行啊，这个世界虽说有了钱不是万能，可是没有钱还是万万不能啊。活动要经费，经费不到位活动就办不起来。一开始被忽视的经济问题很正式地在第三次社团会议上被认真地提了出来。

没有争议的，徐大川就成了我们物色的出钱大人物的第一人选。以前就知道徐大川家有钱，有好多好多钱，据徐大川自己的话说，他们家啥都不缺，就缺会花钱的人。为了找他老爸出资赞助我们校园文化，我们好好地对徐大川进行了访问和了解，这下懂事的孩子都不好开口了。不过所幸徐大川这孩子觉悟高，既然家里有的是钱，自己又混了个文学社干事，自觉地就想为文学社做些事情，所以没等我们多啰唆就落实了这个事情。

经费有了，社团有了，地盘有了，文学社就可以开始光明正大地活动了。

"我想举办个美女作家选拔赛！"在商议社团第一次活动的主题会议上，出钱的大户徐大川同志就提出了一个很欠揍的主意。之所以说他欠揍，就因为他是为了满足一己私欲才提的这个建议。不是说我不想看美女，而是所有人都知道在学校里这个事情行不通。想看美女可以光明正大地去食堂看去大街上看，可是千万不能往文学社看。

不知道什么时候就有了个所有人心知肚明的"潜规则"：才女都不是美女，是美女的才女"含水量"就高了。

"不行，学校肯定不让办。"江帆就是比我干脆，尤其是在这样的事情上面。要搁古代，估计那"狗头军师"就非他莫属了。

"我们该为文学社寻找一点新鲜血液啦！"徐大川这话说得有点语重心长。我知道，这小子醉翁之意不在酒，那五个和我们

联谊的外语系美女没一个成为他的"猎物"，而最近他又忙着我们文学社的事情，肯定没时间自己出去"打猎"，就把脑筋动到了我们文学社上头。

"你小子想看美女我送你个望远镜。"李小辉对徐大川的不满可是由来已久。要换平时估计李小辉就赞成徐大川的提议举办什么"美女作家选拔赛"了，可是现在，李小辉心有所属无暇他顾啊！

"张扬你说呢？"徐大川是相当把我放在心上的，这种时刻还记得问我的意见。不过他估计也知道，我的意见就是不行。别说我现在有了简单，就算我没有简单我也不会办这个奇怪的大赛，我可不想我辛苦建立的文学社第一次活动就被副院长掐死在襁褓中！

我白了他一眼，这不是白说吗，肯定不行。

我终于发现过去为什么大大小小的会议那么多了，因为一个决策一次绝对是行不通的，非要商量上几次，但是还是未果，最后再由一个人做出决策。其实谁都不想"一言堂"的，只是大家开会都不知道在想什么，永远也得不出一个结论来，最后迫于无奈就领导说了算了。

就像现在一样，许炎在发短信，李小辉抱着《莎士比亚》在发呆。江帆翻着什么杂志，也不知道他有没有在认真想活动的内容，看来我以前认定他是"师爷"类的人物，真是看错了。还有江帆带过来的几个小帅哥，都在小声地聊天，也不知道聊什么。

唉，看来我也要一言堂了。

"要不咱今天就散会了，回头你们一人写一个活动策划方案给我。"走出会议室，我才觉得累，开会真累，全身筋骨都散了。

"大社长，现在忙啊，见一面都难啊。"远远地就有一个女孩跟我打招呼，逆着光，模糊的脸看不清楚是哪位。

"你来啦？有什么事要我帮忙？"我还没有反应过来呢，李小辉那小子就迎了上去。一脸的热乎劲儿，颇有些拍马奉承的意思。当初去副院长那里也没见他这样啊，难道这小子？不知是不是我敏感，总觉得李小辉最近神神秘秘的。

"最近《莎士比亚》晚上是不是还总在书桌上放着？"我问身边的徐大川。

"好像在那小子的枕头边了。"徐大川果然是我的知己。

"你觉得他对哪个中意？"我下巴向那几个女生一点，徐大川马上眯起眼睛仔细研究。

"张扬，都成了社长了。什么时候请我们吃饭啊？"终于看清了眼前的姑娘，只见刘洋径直走到我身边，自然地挽起我的手，吓得我脚下马上就发软了，赶紧抽出手。

"好啊好啊，择日不如撞日，就今晚好了。"虽然我不知道她为什么要我请客吃饭，不过女孩子的要求还是不要随便拒绝的好，答应着才不会惹下麻烦。

"好啊，姐妹们，张扬说今晚他请客。"刘洋的眉头皱了一

下，我心虚地想不会是因为我抽出手吧？不过她大声地邀请大家都去吃饭让我很不爽。

徐大川看出了我的不舒服，他也知道我不是大款型的男人，马上很爷们地接过话："今晚一起吃饭，顺风酒店晚上6点，我请客。庆祝我徐大川终于也是个官了！哈哈！"

徐大川说了这话，那群女生个个喜不自禁，但是我却有点尴尬。男人都好面子，我知道徐大川是帮我，可是我不好意思接受这样的帮助。我赶紧补了一句："今晚我请，徐大川改天再说。"

我知道徐大川不明白我在做什么，但是今天这个场面，我自己肯定要撑下来。就改天解释吧，大川是兄弟该明白的。

❖7❖

一到酒桌上，大家自然是觥筹交错。

"张扬，你女朋友呢？为什么不来？"席间，徐大川突然问我。

他这么一问，我突然想到简单，我又有一个礼拜没联系简单了。简单也太懂事了，一个礼拜我没有找她她也没有给我打电话，甚至连知信的都没有一条。这个礼拜我一直忙着文学社的事情，都忘记了自己"名草有主"。真希望简单不要怪罪我才好，要不然我怎么哄她呢？我还没有哄过女孩子呢。

"打个电话叫来。你请客女朋友怎么能不到，也给我们介绍

介绍。"徐大川指示我赶紧叫来。

可是我没有动。

我觉得现在匆忙叫简单过来不好，我已经忽视了她一个礼拜了，突然毫无征兆地叫她过来，简单肯定会不高兴的。还是吃完饭给她打电话吧。

我和徐大川的对话本是小声的交谈，可是身边的李小辉不知道哪跟神经搭错了，居然开始感慨："高中时代，爱情是奢侈品，少数人拥有得起。大学时代，爱情是日常用品，没有很寒酸。看来在座的各位，只有我们的张社长才是富有的学生啊！"

刘洋停下了手里的筷子，饶有兴趣地眨巴着眼睛问我："张社长拥有了爱情？"

我不满地给了李小辉一个白眼，太不懂事了！这个事情我根本不想大肆宣传。本来我就是一个平凡的学生，我的女友也是普通的学生而已。我们都是平庸的人，我们交往低调自然就可以了，何必四处嚷嚷。现在李小辉说出来，而我也只是一个初出茅庐的"毛头小伙"，一点都不知道该怎么处理。

本想打哈哈蒙混过关，奈何刘洋似乎对这件事情极度好奇，一直追问不休。在她近似于残酷的"拷问"下，我供出了我的"地下党"——简单。

"打电话叫她来，让我们都认识认识。张社长的女友肯定漂亮得很，不然张大才子怎么能看得上呢？"刘洋这话就有点挑衅的味道了，我以前总觉得自己一张嘴堪比纪晓岚，今天在刘洋面

前才发现"唯小人与女子难养"这句话是很正确的。她们的思路根本没有逻辑可言,而且她们有着不达目的不罢休的劲头儿。只要是她们女人想知道的,就一定有办法知道。

就比如今天刘洋想知道简单是何许人物,有没有三头六臂,有没有狐狸精的潜质,我还是没抗得住拷问,全盘托出了。我不仅想到,要是有一天,简单想知道刘洋的身家资料,是不是也会这样拷问我?然后我也会把刘洋"出卖"得一干二净毛爪不存?

一想到这里,我禁不住哆嗦几下。

"你打个电话吧,你女朋友都很久没见到你了吧?想见你了吧?"刘洋正在发挥她的嗦功"强奸"着我的耳膜。为什么她就非要看看简单呢?简单又没有三只眼睛。

"我们都吃看一半了,叫她来不太好。"我只能无力地搪塞着,不胜其扰。

"张扬,你不是骗人的吧?根本就没有简单这个人物?"刘洋没去念中文系真的可惜了,那么好的想象力。

"刘洋,来来,我们干杯,别理张扬。他有没有女朋友和我们无关,倒是美女你,有没有男朋友啊?"徐大川一边把我拉到一边,一边给刘洋倒上酒。

"我?哈哈,开玩笑,我哪有人追!"刘洋的酒量其实很好,一杯啤酒又一饮而尽。

"怎么没有?大学处处都是恋爱的温床。自习室,食堂,图书馆,惊鸿一瞥之后难道就没有男生主动要过你的电话号码?"

徐大川发挥自己的特长开始和刘洋瞎侃。

"我没被要过号码，不过我主动要过别人号码。"刘洋说完咯咯地笑，不知道是真的还是玩笑。不过这个时候开玩笑和说真话都没有区别，出来喝酒不就是为了找乐子吗？这就叫空虚。

"那你呢？你怎么还没追女生？"刘洋口齿伶俐，头脑灵活，反问一句就让徐大川哑口无言。

"哎，刘姑娘，你就有所不知了，现在的女人不好追，尤其是美女。"李小辉突然插嘴，并且用动作增强自己的语气，说完还像一个专家似的摸摸下巴，"追美女，不管追哪里的美女，比的都是精力财力人力毅力耐力，实力不够雄厚者，永远都会在某一刻被残酷地淘汰出局。美女是橱窗里的精致和昂贵，人人可以看，有的人只敢在外面看，有的人敢走近看，有的人可以要求拿出来看看，然而购买的又有多少？这比喻很难听，仔细想一想事实也就这么简单。美女若长时间没找到买主，新的货品上柜，而自己年老珠黄成了旧款，就只有打折贱卖了。"

"说得好，李小辉，看不出来你小子还有点学问啊！"徐大川忍不住也被李小辉的言论吸引了过去。"那你说说，我们的刘洋，需要耗费我们多少人力财力？"

"嘿，你们别拿我开涮啊！我告诉你们，我刘洋已经有中意的对象啦。"刘洋脸红红的，酒精开始起作用了。

"谁啊谁啊？"李小辉很是不满地蹲着酒杯，桌面都被蹲得一阵摇晃。

　　刘洋笑眯眯地看着李小辉和徐大川，就是不说话。然后又颇具深意地看了我一眼说："这个人就在你们中间哦！"

　　我一看这样子好像有点不妙，可是又不好说什么，我可不是单身汉，有些玩笑开不起了。还好我们还有个徐大川，他经历丰富，什么场面没见过。"刘洋，你可别说是谁，千万不能说！我们弟兄几个都已经折服在你的石榴裙下了，难道你要我们为了你大打出手兄弟反目？"说完他哈哈大笑，刘洋不得不赔着笑脸什么都不再说。

　　只有李小辉明显地喝酒上了头，还嚷嚷着要刘洋"坦白从宽"！半天没吱声的许炎一针见血："我说李小辉，你看上人刘洋，就勇敢地去追求吧！千万别暗恋啊。"

　　这话说得无比清醒，就像一盆冷水，"哗"地泼过来，一下子浇醒了酒桌上的一片人。

　　闹腾了几个小时，我们几个互相搀扶着回宿舍。隔壁宿舍的哥们戏称我们宿舍是"贪官基地"，为什么这么说呢？因为自从我们开学以来，几乎个个礼拜都会出去喝酒寻欢，被人笑称"腐败温床"。

　　这日我们腐败归来，大家都喝得有八成酒意。还好，我还算清醒，除了被刘洋逼供那阵子我喝了好多酒，后来就几乎是李小辉在闹酒。这小子不是真的喝醉了，就是借酒装疯！

　　"我宣布……"李小辉跌跌撞撞地站在宿舍中间，差点就往桌子上爬，之所以没爬上桌子是因为他醉眼蒙眬地找不到垫脚的

板凳。

　　他大声地连续说了三遍他宣布，可是我们三个都不理他。许炎端着洗脚盆走过他身边的时候说："孩子，快洗洗睡吧，别闹腾了。"笑得我趴在床上半天起不来，只可惜李小辉是真的醉了，居然对许炎的取笑置之不理。

　　"我要追刘洋！"李小辉终于大声地吼出了他要"宣布"内容。

　　可惜啊，我对刘洋不感兴趣，我忙着给简单发短信。徐大川已经醉得烂泥一摊，也没工夫去理会李小辉。可能许炎有兴趣吧，不过暂时还不知道。

　　可怜了隔壁宿舍的哥们，一连好几天半夜都听到类似狼嚎的声音，据说还跟海豚音似的委婉有调，转折回环。不用问也知道，是李小辉深夜研究莎士比亚落下的后遗症。朱丽叶还没有追到，罗密欧已经把阳台的地形考察得差不多了。怪只怪莎士比亚，没事干吗非写阳台呢？搞得我们宿舍的阳台连续几天都被李小辉霸占，深夜啼鸣，扰民啊！

　　终于，经过好几天的准备和排练，李小辉在我们的鼓励之下决定向刘洋发起攻势。要说李小辉的准备工作真的做得不赖，他背下了莎士比亚中大段的名句，不仅仅是中文版本，还有英文版本。谁让刘洋是外文系的呢！

　　养兵千日用兵一时，终于要出击了，李小辉那叫一个紧张。在宿舍踱来踱去，把仅有的几件衣服统统铺开晾在桌上床上，让

我们给他参谋参谋。尤其是我和徐大川，不许我们出门，不给他配备好最牛的装备，连厕所都不让上。

问他理由，他说徐大川是过来人，有着丰富的实战经验一定要倾囊相授。而我，也成功地攻下了简单那座"碉堡"，所以也有成果，务必要传授经验。

在徐大川"好心的"指点下，瘦小的李小辉穿上了徐大川的西装。徐大川说了，男人的风度只有西装才能体现。可是李小辉的五短身材穿上人高马大的徐大川的西装，要效果没有，只有"笑果"。可是我发现我们一屋子人都很坏，都使劲儿地夸奖李小辉帅气，英挺，西装合身有气质。而后我还很热情地把我的一条白色围巾给他搭上，我说："白色围巾绝对有文学青年的气质，你再抱一本莎士比亚，效果肯定好。"

在兄弟们的一通"帮助下"，李小辉的形象初步奠定。

一袭"长袍"，其实没有长袍，可是西装到了他身上就是那个样子我们也没办法。一条琼瑶小说里的白色长围巾，前后留着长长的线头，在晚风中飘摇，气质脱俗。手捧一本莎士比亚，厚重的书本，加上人鼻子上厚厚的"酒瓶底"，十足的文学青年不说，满脸的青春痘，还略微有些"知识"青年的影子。

"好啦，你可以下去约会了。"徐大川使劲儿地挤出最后一滴"摩丝"，涂在李小辉油光可鉴的头发上。

"我这样真的没问题？"李小辉不安地扶了扶眼镜，用眼神询问我们几个。

　　我们几个一同憋住笑，很认真地比出"OK"的手势。

　　后来的事情，我就不多说了。反正我和徐大川没有逃脱李小辉的一顿毒打，徐大川还请客赔罪了一番。只是李小辉最终都没有抱得美人归，而这美人却落入了徐大川空荡荡的怀抱。

　　用一句很流行的话来说："有心栽花花不开，无心插柳柳成荫。"

　　至于徐大川和刘洋的故事，说来话长，那又是另一个故事了，如果改天徐大川心情好，我可以鼓励他也把自己的故事写出来，让大家见证下他们的甜蜜爱情。

第四章　龙争虎斗

❖1❖

自从我们几个成立了文学社之后，充分感觉到了做老大的快乐。

我们几个，通过不懈的努力，自己拥有了社团，就好像小混混突然有一天成了老大。起初有点不适应，可是慢慢地，我们也有了老大的风范。开口闭口我们文学社怎么怎么样，好像陈浩南张嘴就是我们洪兴一样。不过文学社还是很遭人欺负的，只因为它是"文学"的，似乎就说明了这里应该男少女多，阴盛阳衰。而且男人还必须斯文，否则就有辱"文学"的盛名。

好在我们几个都是斯文人，徐大川除外。

说到徐大川就不得不说徐大川的家庭。徐大川总说自己的童年没有乐趣，我们都表示不理解。一般人都通俗地认为，家里经济条件好，从小日子就过得滋润肯定快乐。虽然长大后我们知道一个很深刻的道理"金钱的多少和快乐没有直接联系"，可是这也仅局限于知道而已。知道和体会到是决然不同的两个境界。所以我总说徐大川"少年不知愁滋味，为赋新词强说愁。"

直到我毕业后，离开文学社，离开校园之后我才明白他说的那句话的意思。

当初，徐大川说："如果这些钱能让我重新选择父母就好了。"

可是当初我说："你小子大逆不道，放在古代不杀头也是流放千里之外。"

徐大川苦笑，我总觉得他叛逆。可是他离开我们，真的太可惜了。也许小时候没有自由没有快乐的都容易走极端吧。大家都是男人，做不来女人之间的知心体己，可是哥们之间互相一个眼神就能了解对方，总是觉得有些话不需要说得太明白，对方总能懂。可惜，当初我没有懂徐大川。我总是后悔，如果一开始，我就能理解他们，是不是我们宿舍四个能成为一生的至交不分开？

徐大川曾经扬言要让全校的人都认识他，并奉为偶像，最好是能回眸一笑迷死少女千万的那种。可惜徐大川最后都没有实现这个理想，不过值得鼓励的是，徐大川让全校的男生差不多都认识他了。

话说当年，是一个英雄辈出的年代，人才济济。可是徐大川有几项拿手的，足以在群雄中脱颖而出。

第一，是他的腿。

他有一只黄金右脚，可惜他不是贝克汉姆。因为贝克汉姆就会定位球，可是我们的徐大川会盘球、带球，还会定位球。全校的喜欢踢球的男生都认识徐大川，也都知道他的黄金右脚，可是没一个愿意跟他踢球的。

　　实在是不能怪别人，要怪只能怪他自己。每当踢球的时候，只要球到了徐大川脚下，别人无论如何都抢不走了。此时此刻，徐大川明显成了球场上的霸主，球像黏在他的脚上一样，而他那庞大的身躯仿佛就像一条泥鳅，在球场上来回穿梭。虽说他是我们学校的盘球大师，可是大家还是不愿意和他踢球。他是孤军作战的表率，只要拿到了球，绝对不丢球。不光不丢球，还不传，别人抢不了也靠近不了。然后他就会自己孤军深入，一直突破到球门口，然后一脚劲射。

　　黄金右脚还是赫赫有名的，因为一射就歪吗！

　　所以这样的徐大川，还有谁愿意和他踢球啊？男生能不认识吗？球场那么大，踢球的那么多，徐大川这样的球技，没法和他配合啊！

　　第二，是他的嘴。

　　徐大川那张嘴，我向来是自愧不如的。我想全学院如果徐大川认自己是第二名嘴，没人敢认第一。

　　男生宿舍其实是很无聊的地方。就算是电脑搬进宿舍，我们也找不到太多乐趣。不能上网，就算玩游戏，也只能玩单机。就那么几张盘，几个宿舍流通来流通去，玩来玩去很快就都通关了，没意思。那玩什么呢？这个游戏可有意思了。

　　说到这个游戏，当然先要介绍下我们宿舍的大环境。我们宿舍中间有条大通道，所有的宿舍都是对着门的，我们这排是自己的系，对面是别的专业。中间一个大通道就成了我们游戏的场所。

　　碰到无聊的晚上，我们每个系就派一个出来吹牛，吹输了的一方就请客吃饭。其实和辩论赛一样，不过辩论赛正规严肃多了，但是我们的游戏就像群口相声，还是最肆无忌惮的相声。

　　我们这边只要派出徐大川，对方必败。以至于后来只要看到我们派出徐大川，对方就端凳子走人，懒得和我们说。

　　可能没人能理解我们的快乐，但是那段时间的快乐真的是一去不再回来的。

　　除了徐大川，还有许炎也非常值得一提。无论是我们宿舍还是文学社，徐大川的对立面都是许炎。徐大川的嘴能说遍全年级没人对付得了，可是许炎是三棍子打不出一个响来。徐大川爱运动爱喝酒，许炎虽然也运动也喝酒，但是绝对是独行侠的那种，安静地来来去去。要不是许炎长得斯文，早就被我们认为是杀手了。

　　对于这种沉默寡言的许炎，我们一直都理解他的沉默源自何处，因为开学的时候徐大川就撞见了他和母亲之间的一段对话，大家都很理解。虽然总有人尝试着开启他的心结，不过二十来年形成的惯性思维和执拗的人格，怎么能是我们这些兄弟随便说说能改变的呢？

　　不过我们知道，许炎只是内向自卑，其实他是个好人。虽然话少，但是往往也能出人意料地把所有人都逗乐。不过他还是纹丝不动脸不改色，他很有做喜剧演员的天赋，可惜执着在自己的世界里的他，从没有发现自己的价值。

　　所有的男孩子，小时候都有一个远大的梦想。希望自己骑着

高头大马征战沙场，"黄沙百战穿金甲，不破楼兰终不还。"每次读到边塞诗词都能让我们的荷尔蒙瞬间爆表，英雄都是我们的偶像，可惜的是，梦想和现实总是有一条无法逾越的鸿沟。你越是想无视它，它就越是明显。

就在我们几个想在文学社大展宏图的时候，打击接踵而至。

先是第一期杂志发行的时候遇到了我从来没有遇到过的危机。学校要求审核我们的所有稿件，不光文学社没有一点点自主权，给我们审核的老师还是老古董，稍微有一点点不入他眼的字眼，那篇文章就不能用。

好不容易全部搞定之后才发现，整个校刊变成了学校歌功颂德的地方，让我头痛不已。我还没来得及说什么，底下的社员就炸了窝了。

先不说那些爱好文学的了，不爱好文学的都看不下去。不是说学校不好，而是过分地强调总是会引起反感的。物极必反这个道理到哪里都是适用的，尤其是在我们这群反叛小青年身上。

"张扬，这怎么回事啊？为什么校刊变成了这个样子？"第一个发难的当然是大大咧咧的徐大川。他不满地把校刊砸到我桌上，又一屁股坐到我的桌子上，我可怜单薄的桌子在他肥硕的屁股下摇摇欲坠。

我摊摊手表示无能为力。

"张扬，如果是这样发展下去，这样我们的文学社还有存在的必要么？我们直接变成学校宣传部好了。"李小辉垂头丧气地

对着校刊猛瞪，好像这样就能把校刊的内容改回来似的。

其余各人也都纷纷表示不满意，可是我也无能为力。我终于理解了夹心饼干的滋味，上下两层，互相施压，中间那层就变成了均匀受力的物体，还有就是那猪八戒，估计上辈子就是我大哥，一照镜子就成了我现在的样子——里外不是人啊！

❖ 2 ❖

不过也有一件好事，文学社社团活动的时间经过学校的默许，占用了晚自习的时间，所以社团活动或者开会的时候，晚自习可以不去。就冲这个理由，很多同学都愿意参加文学社以逃避无聊的晚自习。

徐大川戏称，这是我做的唯一的好事。当然，同学们那是不知道加上晚自习也是我们几个的"功劳"。

要不是李小辉，学校没有晚自习，要不是我，学生没机会逃避晚自习。所以说我们宿舍人才辈出各路英雄齐聚一堂，不过这种好日子也没过几天。因为晚自习不能逃，可是社团活动能逃啊。

于是，自从第一期的校刊让所有人都失望之后，好多人都不来社团了。这让我们的社团的人气一蹶不振。

他们都问我怎么办？我也很想知道我该怎么办，我真的很累也很矛盾。我想问问别人，我该怎么办？可是我能问谁呢？

我想到了简单。

简单是我温暖的港湾吧，她应该能包容我的疲劳和伤口，然

后给我勇气和力量。很抱歉我此时此刻像琼瑶阿姨一样啰唆，可是感情的事情，男女都逃不开柔情的一面。感情的事情比文学社更难搞，可是此刻似乎只有感情才能给我动力。

　　我好像是一个不会描写感情的人，我和简单在一起的时间很少，好像很多情侣都和我们不一样。我总是想要给简单一个快乐的恋爱，可是我又总是很忙，忙到会忘记简单的存在。对于这一点，我总是对简单感觉很亏欠，可是简单却很理解我，时常到我们学校来看我，还会准时提醒我该吃饭或者该睡觉了。徐大川说，这样的女人，就是老婆的材料。

　　"简单，你有没有觉得自己很漂亮。"吃饭的时候，我故意逗简单。

　　"没有啊。怎么了？"简单的脸都红了。

　　"简单，那你有没有觉得我很帅？"我自我感觉良好地摆了个POSS。

　　"还好啦。"简单仔细端详了我一会儿，才下此结论。

　　"那简单，你怎么愿意做我女朋友呢，总有理由吧？"其实我一直对这个很好奇，可是总是找不到合适的机会问。今天就借食堂宝地，好好拷问一下我的简单。不过很郁闷的是，为什么我总是在食堂和简单讨论感情问题呢？而且简单和我在一起的时候，就是吃饭。除了吃饭，我们也没有出去玩过。想到这里我心里一阵别扭，我这还算是合格的男人吗？

　　"可以不说吗？"简单的脸又红了。

"可以。"我看着眼前这个小女人，心里一阵阵地发软。这是一个简单如纯净水的女孩子，我该怎么宠爱她呢？

"简单，我喜欢你的懂事，你的乖巧，还有你不经意的可爱。"不知为何，我说出了我心里一直想说的话。虽然手里没有红玫瑰只有筷子，可是我还是觉得这是我一生所能做出的最浪漫的举动，最发自肺腑的表白。

简单脸红红的，垂着眼帘，白皙的手指不安地在膝盖上搅动着衣角。乌黑的长发垂下来，柔顺地披散在双肩，我忍不住伸出手触摸她的小手。

"简单，请原谅我一直以来对你的忽略，但是你要知道你在我的这里。"我指着自己的胸口，紧紧握住简单柔弱无骨的小手。

"张扬，我就是喜欢你。"简单抬起头，害羞地轻轻说出这几个字。

知道被幸福的子弹击中的感觉么？就是这样。

我冲动地站起来，隔着桌子把简单一把搂进怀里。我不在乎这里是人来人往的食堂，也不在乎别人诧异的眼光，我不去想今天以后别人会怎么评论这个拥抱，但是我只知道，这个时候，我只有把简单牢牢地拥进怀里，她才是我的简单，我不想也不敢松开手。

简单闭着眼睛，睫毛颤抖。我心中一阵温暖，更加用力地抱紧她。

其实有些时候，我真的很想揍徐大川。

比如现在。

"哎哎哎，张扬，撒手撒手！公共场合，注意点形象。好歹你也是文学社社长是吧，怎么能做出这么有伤风化的事情？"徐大川不知从哪个角落冒出来的，手里还牵着刘洋。

众目睽睽，我只好郁闷地松开手，对着徐大川怒目相向："你丫找抽是不是？别在这碍我的眼成不？真是的，也不看看情况，这是你出现的时候吗，啊？"

"哥们别生气，我这不是好心吗，你看看同学们都吃不下饭了，都看着你哪，你就收敛点呗！"徐大川还是照样嬉皮笑脸，一点都不把我愤怒的脸放在眼里。

"不生气？我能不生气吗？你和刘洋天天见面，我和简单都快赶上牛郎织女了，你就不能给我点时间和空间啊！"我难得心情好，和徐大川你来我往地耍着嘴皮子。

简单很不好意思地别过脸，靠在我的肩膀上。但是刘洋却笑得一点都没有淑女的味道。真是太郁闷了。

"徐大川，你看看你女朋友，笑得嘴都快咧到耳后根了，快管管，哪里像个淑女，一点气质都没有。"

"少来了你小子。你家简单也不简单啊，脸都快藏到你胳肢窝里了。唉，快瞅瞅小姑娘的脸都要烧起来了，张扬你也太过分了！"徐大川一边说还一边摇头叹息，好像我干了什么伤天害理逼良为娼的事情一样。"张扬，你真情告白也挑个地方好吧？哪怕是大草坪都成啊，非找食堂。我跟你说，你总在食堂进行你的

恋爱，食堂阿姨都要赶你出去了。"

"为什么呀？"刘洋不愧是徐大川的女朋友啊，夫唱妇随，还跟他唱起双簧来了。

"你看啊，现在大家都看着他俩表演是吧，一个个都不吃饭，然后过两天，都带着自己另一半来这里喂饭啊拥抱啊，阿姨能受得了吗？"徐大川说得眉飞色舞一点都不害臊。

"简单我们走，不与魑魅为群。别理他们两个！"我拉起简单就走，我惹不起我还躲不起吗？

"哎哎，别走啊。张扬你太小气了！"这个刘洋，我没得罪过她吧？非那么大声说我小气吗？看看，别人都看我了，太尴尬了。

简单偷偷拉拉我的袖子，一句话也不说，只是眉眼含笑。还好，只要简单不生气就好。我摸摸她的头发，用嘴型说："你真乖。"简单眉开眼笑地磨蹭我的衣服，我觉得好甜蜜。

"我说你们两个，可以了啊。走走，我们出去你们再亲热，哎哟喂，真受不了你们。"徐大川一把搭住我的肩膀把我拉到外面，刘洋也把我的简单拉了出来。

其实我受不了这两个活宝！上辈子和我有仇还是怎么，就整天出没在我的周围。好事坏事都插一脚，我只能无语问苍天……

"简单，我们下午去唱歌好不好？"刘洋不知道什么时候就和简单那么亲热了，手牵手的让我眼馋。

那可是我的女朋友，我都没牵过的小手，刘洋死活拽着不撒手。我总不能抓徐大川当报复吧？抓徐大川的手我不是自己恶心

自己吗，没事找抽！

"小子你想什么呢？拉着我手干吗？"徐大川不满地甩开我的手，我脊梁骨上瞬间冒出一排汗，我的天哪，我怎么就牵了他的手了？真想用84消毒液洗手！

"简单，你快把你家张扬领回去吧，他都拉我的手了，真受不了，快把我家刘洋还给我。"徐大川夸张地大叫，还不停地甩着手。恨地我牙根发痒，真想冲他屁股来一脚飞踹。

两个女孩子笑得花枝乱颤，嘻嘻哈哈地走开，根本不理我们。

唱歌就唱歌去吧，我还没和简单出去玩过呢。简单用眼神询问我的意见，我微笑颔首。简单快乐的眼神让我心里很是不舍，不过这怪谁？还不是怪我。本来简单就不是一个善于和人相处的人，而我总是忽略她。唉，简单，我该怎么来爱护你？

❖ 3 ❖

唱完歌后，我送简单回校。

"简单，今天你开心吗？"在简单的宿舍楼下，我抱着简单。

"嗯！"简单在我的怀里点头。

"傻瓜！"我不由自主地紧了下我的双手，让简单再贴近我一点，"今后我一定抽空带你出去玩好不好？"

"嗯！"简单更用力地点头，让我心里那个角落一阵阵发烫。

"你早点回去吧，还要坐好几站的公交呢。"简单抬头看着我，红嫩嫩的嘴唇很诱人，我费了好大劲儿才克制住自己没有

"非礼"简单。

"那好，我走了。"我放开简单，挥手告别。

我知道简单此刻肯定在看着我离开，于是不敢回头。其实男生比女生更害羞，尤其是第一次恋爱。我双手插在裤兜里，装作很轻松的样子哼着《我是一只小小鸟》走出简单的视野。

回到宿舍，徐大川马上冲上来问我："有没有吻别？"随后李小辉很配合地唱起了《吻别》，唱得那叫一个鬼哭狼嚎，可怜我的耳膜。

"没！"我挡开徐大川，继续哼着歌去打水洗脸。

"你还没吻她啊？想当初我和刘洋，一天我们就完成了牵手拥抱和亲吻的全部步骤！"徐大川又忍不住开始吹嘘自己的"英雄事迹"。

"徐大川！你有完没完？"李小辉猛地大声呼喝，吓得我手一哆嗦，毛巾掉在了地上。

李小辉发飙了。我们宿舍"刘洋"这两个字是禁忌，谁让李小辉一开始追她不上，而后她又主动追求徐大川呢？

徐大川主动做了个拉拉链的动作，表示自己再也不说。随后徐大川就跟我去了水房。其实关于刘洋怎么追的徐大川，我也不是很清楚，只是突然有一天徐大川告诉我，他有女朋友了，还是刘洋，我才大吃一惊。

不过那天晚上在水房里我俩待了两个多小时，期间消灭烟一包，啤酒若干罐。徐大川告诉了我关于刘洋和他的全部事情。

不记得是哪天一大早，徐大川本来只是去厕所撒尿，打算撒完回来继续睡，可是就在厕所的窗口看到了站在楼下的刘洋。

很奇怪啊，一大早一个女生站着男生宿舍楼下，所以徐大川就探出脑袋叫了刘洋一声，说如果要找什么人，他可以帮刘洋进去叫一下。

没想到刘洋说她就找徐大川。

徐大川呆呆地就下去了，大裤衩，睡衣，还满脸胡渣儿。用徐大川自己的话说就是一脸不被待见的模样。

没想到刘洋还真是找徐大川，头一句话就是："你别帮李小辉来追我，他根本不是我想要的那种男人。就他那样我能看得上吗？何必大家一起让李小辉出丑呢？"

徐大川听了这话当然不乐意了，什么意思啊？你不喜欢李小辉大可和李小辉当面说，警告我算是怎么回事。不过看刘洋一脸义正词严的样子，就听着吧，谁让自己够爷们呢？既然都下来了就好好听着训话。

"还有，那件西装是你的吧？为什么要李小辉穿你的西装？"刘洋咄咄逼人。

徐大川心想，她怎么就知道那西装是我的，难道我就跟她说我们就是想捉弄下李小辉并无恶意？这也太奇怪了，女生怎么能了解男人间的事情。

所以徐大川还是没说话。

"我想你们宿舍也只有你穿的了'BOSS'的西装吧？"刘洋

得意扬扬地炫耀自己的品牌知识。可是徐大川却有点郁闷了，这个女孩子是怎么回事，当时和李小辉见面，她到底是在看西装还是看人啊？

"不错，那西装是我的。我代表我们全宿舍尤其是李小辉对你表示歉意。但是李小辉对你是真诚的，你不可以嘲弄他的诚意。"徐大川是个真爷们，说完这句话，甩手而去。

可是刘洋并不打算善罢甘休，她叫住徐大川，不由分说地要走了徐大川的手机号码，从此就开始短信骚扰徐大川。

徐大川对她说不上是什么感觉，反正也空虚，就和她聊聊，一来二往两人开始兄妹相称，接下来刘洋就开始撒娇发嗲把徐大川治得死死的。尤其是晚上，非要徐大川陪着她散步，否则就站在男生楼下死等。一连好几次都碰到李小辉，也不知道刘洋是怎么跟李小辉说的，反正每次看到李小辉，徐大川都感觉非常尴尬。虽然徐大川和刘洋那时候关系还没有确定，但是就是说不出来的心虚。可是李小辉总是能掩饰得很好，至少在刘洋面前是这样的。

虽然回到宿舍李小辉也不说什么，徐大川却是总觉得愧疚。后来刘洋很认真地跟徐大川说需要徐大川做她男朋友，徐大川顺势就答应了。

"那你不能不答应啊？"我就不明白了，徐大川是怎么想的。

"我觉得刘洋也挺漂亮的，我也挺孤单的。李小辉很无辜，反正他都认定我和刘洋背叛了他，就让他那么认定好了。索性我

和刘洋就在一起算了。"徐大川说。

挺佩服他们的，居然就这么几个狗屁倒灶的理由，就能让两个青年走到了一起，真是不容易。

"你到底喜不喜欢刘洋？"我用力捏扁手里的啤酒罐，"寂寞是相爱的理由吗？"

"张扬，说到底，我也不知道相爱要什么理由。反正我们都寂寞，她需要我，我需要她，那就顺理成章地在一起了。我想得没你多，刘洋也不是简单。刘洋虽然爱慕虚荣一点，喜欢钱一点，但是还是个体贴的好女孩。"徐大川苦笑一下，喝干手里的酒，"我从小就不知道相爱是什么。我的父母，唉，他们之间没有爱，我怎么会去爱？"

我沉默。

不知道该怎么和徐大川说，因为我也不了解刘洋，我更不了解徐大川家里的情况，但是我想，一个不会爱的孩子肯定有不会爱的原因，我能说什么呢？

我拍拍他的肩膀，只能说一句："我们回去吧，早点睡。"

一夜无眠，但是第二天太阳升起来的时候，我突然就明白了徐大川的意思。可是我什么都做不来，因为我们是兄弟，只能默默祝福和暗中观察，其他还能做什么呢？

❖4❖

很快就要放暑假了，忙碌的一学期就要结束了。大家都着急

回家，好久没回家了，想念家中的父母和兄弟，尤其是我，可想死葛辉了，再说我追到了简单，怎么样也要回家给大舅哥葛辉一个交代吧。

"大川，你什么时候走？"我在收拾行李，问坐在电脑前优哉玩着电脑游戏的徐大川。

"哦，我不走。"徐大川头也没回。

"为什么啊？放假不回家你去哪儿？"我索性也坐下来，我觉得徐大川不愿意回家很不好。无论和家里人闹得多僵，至少那也是家啊，那也是爸妈。

"我爸妈说我回家他们也没时间管我，随便我去哪里乐呵，给我打了几万块钱，说不够再问他们要。"徐大川还是没回头，但是我分明听到了他声音里面的落寞。

我无语，只能背过身去继续收拾。富二代就是任性，一笔零花钱足够我几年大学的学费。许久，徐大川又说了一句："刘洋也不回去，说要和我一起出去玩，我们说好去九寨沟玩。很多人都说夏天去九寨沟玩很好。"

我又愣了一下，很想说什么，可是我忍了忍，还是没说。

"张扬，我有空就去你家找你玩，到时候你可要好好招待我，千万别把我赶出来。等哥们我没钱的时候，你可不能不收留我。"徐大川还是没回头。

"没问题，好兄弟啥时候来我都收留你。"我拍拍他的肩膀，把心里想说的话都吞了回去。这个时候劝他什么都没有用，

回家还是不回家，最后还是要他自己拿主意，我说什么都起不了太大的作用。

"好啊，就等你这话，你收拾好没有？我送你。"徐大川丢开鼠标，转过头露出笑容。

"好了，没什么东西，就一个箱子和一个背包，我还要去接简单呢。"突然我露出坏坏的笑，"要不，你也去接简单，然后帮我们扛箱子，送我们去火车站？"

"成啊！没问题，你让我去扛着简单送到你家都成！"徐大川果然比我坏。

最后我一身轻松地来到简单楼下，而徐大川和刘洋分别拿着我的箱子和包，可不是我要虐待他们，是他们非要帮我拿的。可是简单的东西就不少了，大大小小的包，看得我头大。

女孩子就是女孩子，连回个家都比我麻烦。

不过好在有两个免费劳动力，我也轻松不少。只是上了火车后简单告诉我一件事情，让我对徐大川更加担心。

简单说，刘洋告诉她，徐大川在学校附近租了房子和刘洋住在里面，所以两人都不回去过暑假。还说徐大川说要带刘洋到处去旅游。

简单问刘洋不回家，家里人会不会担心，刘洋说不会。刘洋说家里很开心她找了一个有钱的男朋友，要他们好好玩，玩开心一点。

"今后，你和刘洋保持点距离。她喜欢徐大川的钱，他们之

间没有爱情。"我警告简单。我可不想我的简单变得和刘洋一样世俗贪婪。

"嗯，我知道。"简单还是很乖巧。

我很想发个短信给徐大川，让他和刘洋分开，可是我又不是女人怎么能做这么婆婆妈妈的事情。而且从那晚上徐大川跟我说的事情来看他应该是知道刘洋喜欢他的钱的，这个事情就像周瑜打黄盖，一个愿打一个愿挨，我这个局外人怎么说得清楚？

思量再三我还是什么都没有说。

简单很乖地靠过来，依偎在我怀里，我拍拍她的肩膀，抚摸她的长发，感觉她的心跳。也许我就适合这样的爱情吧，两人因为相爱而在一起，不因为寂寞，不因为金钱。

"张扬，你没钱我也喜欢你。"简单小声地说。

闻言，我心中一动，搂紧了她，小声地说："我会有钱的，我会成功的，你放心，我怎么会舍得你吃苦。"

就这么相互依偎着，我们回到了那个小城市，我和她的家乡。

当我把她送回家的时候，我还握着她的手，看着她温柔的眼神沉醉。我绝对没有想到，那是我在那个炎热的假期最后一次看到简单。

第五章　战无不胜

❖1❖

回家先是睡了几天，然后就是被爸妈当猪一样喂了几天，我就发现我骨子里的流氓习性又出来了。看来"江山易改本性难移"这句话真的一点都不错啊，民间俗语是"狗改不了吃屎"！我一旦摸到电脑，那些如水的回忆就又都回来了。

"葛辉，出来玩。"我拨了第一个号码，"强子，出来玩。"第二个号码，以此类推，我约了一群高中时的哥们出去玩。

好在他们都是相当给面子的，通通到齐了。当我们在那个火锅城齐聚一堂的时候，我突然想起来一件事情，立即就敲桌子拍凳子的让他们安静，因为我要宣布一件大事。

"你小子得绝症了？"强子那狗嘴里就是吐不出象牙。

"你丫给我滚一边去，我得了绝症你早就艾滋了你！"我抓起桌上的筷子就摔了过去。

"你就快说吧，卖什么关子，我都饿了。"葛辉最不要脸，整天就顾着一张嘴，到中山大学那边难道没饭吃吗？

"我泡到了一个妞！"我兴奋地宣布。

"切！一边去，哥哥，我妞天天换。"强子真的相当地不知死活。

"这个妞是葛辉的妹妹！"说完我快速地闪到一个安全的距离，果然一双筷子嗖的一下从我刚才站的地方飞过去，直接掉在地上。

"我去！张扬，你小子给我过来！我家简单被你怎么了？"葛辉眼睛都红了，好像饿了一个礼拜的狮子突然看到了一只兔子。乖乖，难道我就那么十恶不赦？我又不是暴徒，我是正儿八经的一个文学青年好吧，简单也不算跟错人啊！

想我好坏也是帅哥一个，有志青年一名，还是国家的栋梁之材，怎么就委屈他家简单了？简单跟了我也不算亏吧？想我在学院，还是文学社社长啊，是合法文青！

"你别过来啊，我跟你说，简单可喜欢我了。"我嬉皮笑脸地跟葛辉瞎贫。

"你丫臭小子给我家简单灌了什么迷魂汤了？看上谁也不能看上你啊？你看你那流氓样！怎么能配得上我家水灵灵的简单啊！"葛辉就差没掉眼泪了，那样子就像我扒了他家宅基地一样。

"你少来，我怎么了？我总比你强吧？我先问你，你是不是从小和我一起混大的，还有强子？"

"是啊！我是跟你们混大的，可我那时小啊，迷途羔羊啊，就这样被你们拐了。我还没找你们算账呢！"葛辉撒起谎来真的一点都不含糊。

"你就吹吧你，我都想抽你！"强子一巴掌拍在葛辉的后脑

勺上，拍得葛辉嘴啃桌子没个好下场。"行了，张扬也不错，有时候嘴巴贱了点，也相信也不会亏待咱妹妹的。我做个担保，他要是对不起简单，我替你废了他，怎么样，张扬？"

我自然是如鸡啄米般频频点头。

这页既然翻过去了，兄弟几个好久不见，接下来自然就是葡萄美酒夜光杯了。

酒是个好东西啊，喜事丧事都少不了它。但是喝多了也容易出事，看看我们几个现在正蹲在马路牙子上说醉话呢，估计这事情迟早要找上门来。

还没想完呢，葛辉那欠抽的就给我们找事来了。

"你们看那几个妞。"我一直纳闷，葛辉的眼神怎么就那么好。黑漆漆的一片，路灯昏黄，他怎么就能看到老远的那几个是妞？

强子抬头一看，可不是妞吗，大腿露着呢。

"走走，三个，正好我们也只有三个爷们。"葛辉跌跌撞撞地拽着我起来，还拉上了强子，往马路对面走去。

"别拉我，我不去。我的妞是你妹妹，你要我对不起你妹妹？"我也晕乎乎的，可是我肯定没醉，因为我还记得简单。

"我给你保密！"葛辉笑得可傻了。"我也给你保密！"强子笑得那叫一个贱，搞得我很想在那个脸上踩儿脚。

"保什么保？你们上，我也上，不然怎么叫兄弟？"我搭住他们两人的肩膀，"你们走慢点好不好，这里好多台阶。"

"你瞎啦？"葛辉下手真狠，一个巴掌拍得我一屁股坐在

了马路牙子上，"马路牙子有几个台阶？你说，几个？你喝醉了吧？哈哈哈！"

"你他妈才醉了呢！"我挣扎着站起来，还拿起了手边的啤酒瓶子，"哐"一下砸在马路牙子上，瓶子碎了，我手上还剩个碎了的瓶嘴。

"走走，快点，妞都要走远了！"强子果然眼里只有妞啊，走路都走不稳当了还要跑。

这时候从西边过来一辆摩托车，强子一边回头招呼我们一边往前跑，压根没看到摩托。

"强子！"我大声叫唤了一声，拔腿就跑。

"摩托车！"葛辉也惨叫了一声。

可是我们都没有来得及，就听得一声巨响，像气球爆炸的声音，强子就飞出去了。

然后他重重地跌了下来，软绵绵的和枕头一样。

时间好像停止了一样，所有人呆若木鸡。

"强子！"葛辉反应过来，嘶吼一声，向几米开外的强子冲去。而那个摩托车手很倒霉地正好跌在我脚下，我顿时酒醒了，一把揪起他，恶狠狠地瞪着他，一只手扬起了手里的啤酒瓶嘴。

"你他妈的会不会骑车啊？开这么快！你投胎啊！"我一边推搡着摩托车手，一边高声叫骂。

他明显也吓呆了，任由我推搡着，惊恐地张大嘴，眼睛都没有了焦距。

"发什么呆，叫救护车啊！"葛辉抱着强子的脑袋，在昏暗的路灯下我就看到地上一摊湿乎乎的黑色液体。我顿时也什么都说不出来，赶忙丢掉手里的酒瓶嘴在全身上下掏手机。

"拨哪个号啊？"我都快急哭了。

"喂，110啊，金城路段发生车祸，快点叫救护车过来，有人晕过去了，出了很多血。"还是那个骑摩托车的比我清醒，110都打了。

"你快过来帮我！"葛辉抱着强子，衬衫的衣襟上好多血。

"好好。"我只会点头，呆愣愣地走过去，脱下T恤紧紧地捂住强子的后脑勺。

"他没事吧？"那个骑摩托车的也跟了过来，小心翼翼地蹲下，期间腿还软了一下，直接就跪在了强子的身边。

葛辉对着他直接出拳，一点声响都没有，把那个男人打出去好远。

那个男人可能是不想再面对我们，也可能是被葛辉打傻了，半天没有爬起来。

长长的马路上，没有一个行人，只有我们四个，趴着的躺着的，蹲着的跪着的，还有那辆横在马路中间的摩托车，周围一点声音都没有，静悄悄的，我们都隐忍着在等警车和救护车。

接下来的事情，大家都在警匪片里面或者在《今日说法》之类的节目中看到过。就是闪着蓝光的警车和闪着红光的救护车来了，一阵忙乱和嘈杂之后把我们都带去了医院。

　　在医院的走廊里，我和葛辉，还有那个骑摩托车的在接受警察叔叔的询问。而在这个过程中，我一直没有注意到站着墙角的闻讯而来的简单。

　　其实事情很简单，也很快就了解完了，警察分别对我们进行了教育，又因为我们三个身上都有浓重的酒味，很快就把责任都归到了我们身上。

　　强子的父母来了，我的父母来了，葛辉的父母来了。我们都被各自爸妈领回了家，然后个个关了禁闭，当然，去医院看强子除外。

　　在我被关禁闭的时候，简单打过电话给我，问我那天的事情，我很诚实地一一交代了，然后简单沉默了。

　　简单说张扬你怎么可以这样，简直就是流氓行径。

　　我沉默。

　　简单说，张扬，我对你很失望，强子骨头都断了好多根都是因为你们。

　　我沉默。

　　简单说，我哥也不是人，你怎么和他一样也那么不懂事呢？

　　我沉默。

　　后来简单就挂了我的电话不再理我。

　　我除了去看强子外，哪里都不去，整天在网上泡着，写着无关痛痒的风月，流露着只有我才懂的伤痛。

　　我整天和QQ上的一群浑蛋胡吹海聊，聊得我一会儿意志消沉

一会儿斗志昂扬，都快折腾成神经病了。

简单不理我，短信不回电话不接。我单方面地判断我已经失恋了，更加的难受。不过很快，我就找到了一个好地方，能排遣我的伤痛，隐藏我的落寞。

QQ上深圳的网友对我说："来深圳吧，这里是祖国改革开放的最前沿，过来打打工学学习，看看外面的世界。"

我沉默了许久。

想起了我早在上大学之前，信誓旦旦地说过："一年之内我要出名，五年之内我要事业成功！或者前两者都不成立我要死！"我还记得当初小飞送给我的那三分之二的眼珠子，和我夸下海口承诺给他的15万字的长篇小说稿。可是现在，大一的半年已经过去了，我除了拥有了一个文学社，还有什么呢？尤其是那个文学社完全不在我的掌握之中，全权领导在学校的掌握。我到底算是成功还是失败呢？

毫无疑问，我是失败的。

而我回家还没出一个礼拜，强子就进了医院，而我和葛辉，各自被关在家里，我还失去了简单。

我到底是个什么样的男人？能否顶天立地，我要什么时候才能看到自己的价值？

经过两天三夜的煎熬和反复思量，我决定接受网友的建议，出门打工，出去走走看看吃点苦，这对我有好处。否则这样一个暑假，在家里消磨的是我的意志，那样我什么时候才会成功？

既然决定要出去，就要开始打点我的行装。

还好，我有不怕吃苦的意志，我还有明确的方向。

多亏了我这么长时间在网上泡着的成果，我好歹也交到好几个知心的朋友，虽然隔着虚幻的网络，可是男人间的真诚彼此都感觉得到。还有好心的兄弟给我提供了一个重要的信息，我们学校一个校友吕良东在深圳发展得很成功。于是，我在网上找到了吕良东的公司网址，并试探着发出了我想要应聘暑期兼职的理由和目的，没曾想，吕良东真的是一个很提携后辈的前辈，他很快就给了我答复，问了我一些问题，最后拍板说只要我去面试应该就没有问题。

不知道该怎么表达对这群网友们的感激，只能说，别以为虚幻的世界就没有真的友谊。

要走，就走得干脆一点。

目的地：深圳。任务：打工。任务目的：寻找自我。

早就听说过，深圳是一个最好的城市，也是一个最坏的城市。那么我，就去这个褒贬参半的城市寻找自己吧。

和QQ上的好友说好我要去深圳的事情，安排好去之后的落脚处，我就开始做父母的工作了。

爸妈还是很理解我的，之前强子的事情他们没有多说什么，这次我说要去深圳，他们也没有多说什么。只是爸爸很认真地问我："扬扬，你可以吗？"我点了点头，我相信我可以，我的父亲，也该相信我可以。

在无数次的准备之后，我才发现，自己的身份证还在学校，于是只好再联系还在济南的徐大川。

徐大川得知我要去深圳的消息，吃惊得合不拢嘴，当然这只是我的猜测。他到底有没有合上嘴我不知道，但是他吃惊的程度我隔着电话都听得出来。

"你去深圳干吗？"徐大川估计还和刘洋在缠绵，我都说了我要去打工他还问。

"打工。"

"你哪里不能打工要去那儿？要是手头紧跟我说，多了没有，几万块还是没问题的。"徐大川估计以为我发烧了耍着他玩。

"和钱没关系，我想去看看外面的世界。你帮我去学校看看，问问我的身份证能不能拿回来。"其实我也不知道我为什么要去那么远，但是我就是想去。

"好，我去帮你找值班老师问问，我等你来济南。"徐大川也是个爽快人，见我不愿意多说，也没有多问。

好了，接下来，我就要开始我的行程了。

男儿何不带吴钩，收取关山五十州。

我不知道我的成功在何方，但是我要努力去寻找。

❖2❖

我想我要出发了，我必须用日记的方式记下下面发生的所有事情，这是我一生都不会忘记的珍贵假期，也是我今生宝贵的财富。

　　背着行囊，远离家乡。我突然就有一点"风萧萧兮易水寒，壮士一去兮不复返"的豪迈。爸妈没有来送我，我也不想他们来送。兄弟没有来送我，简单更没有来送我。

　　到达济南火车站的时候，济南忽然下起了瓢泼大雨，简直是一点预兆都没有，更为神奇的是济南的东部大雨倾盆，西部却是晴空万里。这让我有了一点点不舒服的预感，似乎此行开头就不顺利。

　　打算去学校拿身份证的计划也被彻底打消了。本来跟深圳的网友杨刚说好是买24号的火车票到广州总站，然后再由广州转站去深圳的，计划星期天到站。而星期天他不上班，正好到广州接我。可惜的是，当我排了半天队，好不容易看到售票窗口的时候，才知道连24号的站票都卖光了。没有办法，只好退而求其次买25号中午的票了。于是再发短信给杨刚说，我自己到就可以了，不用他再来接我。不同的是25号的票是第二天中午到广州东站，而且听说东站相比总站也安全一点，这也多少算给了我一点心理上的安慰吧。

　　冒着大雨赶去学校，看到了等我的徐大川。徐大川冲动地说要跟我一起去深圳，被我委婉地拒绝。我自己也不知道那里有什么在等着我，不敢贸然地把他带去。而且，徐大川去了，万一吃了苦受了罪就开始花家里的钱，岂不是和没去一样？

　　可惜的是，我还是没有拿到我的身份证。值班老师也没权力给我身份证，而我们班主任又不是一天两天就能联系得上。我只

好带上原来放在宿舍的身份证复印件就上路了。

在候车室等车时遇到一个去广州中山大学报到的硕士研究生，名叫杨明照，烟台大学毕业的，老家在东营，居然是学生物科学的。这个专业好强，我顿时就对他心生敬佩。和葛辉混进中山大学不同，人家可是正儿八经的学霸。不过幸好我这个人喜欢交朋友，又都是独自出门的男孩子，我们两个不由聊得火热。车上人并不很多，暑假出行的人看来很少。而等车过徐州以后，车厢里的人也开始熟识起来。本来就是出门靠朋友的时代，几个眼神，几句话就互相熟识了。

几个对座的一起聊天打牌，坐我后面的两个女孩子说话蛮有意思的，我和杨明照顿时被吸引了过去。两个女孩子看起来都挺小的，大一点的扎一个马尾，小点的留着一个刘海儿，挺可爱的两个女孩子。

没有想到其中大一点的居然是武汉大学学习法语的，和我一般大，却已经读到大三了。顿时我就不由得感叹人外有人，天外有天。后面半车厢更是生猛，全是烟台海军航空兵学院的学员，不过有了他们，时间过得好像快了一些。

经过安徽湖北之后，26号凌晨火车在江西九江横穿长江。我一直很想看看长江大桥的壮阔和长江的壮美。只可惜是晚上，我什么都没有看到。这让我很失望，可是我想，今后再有机会，我一定会再来这里，最好还有简单，就像上次回家的时候一样，让简单靠在我的怀里，感受长江的壮美。她一定会开心地笑吧。

　　快到广东惠州的时候，车上开始有卖到东莞到深圳的车票。我心里一动，听说东莞到深圳也很近的，我可不想到为了省几块钱而到广州之后再浪费时间，于是我和杨明照互相留了联系方式就下车了。杨明照真不错，他一再嘱咐我，如果遇到什么困难可以打电话找他。这让我很感动，看来好人还是很多的。

　　坐大巴进入深圳的时候还有点风波，因为我没有身份证正本和边防证（当年的深圳还是经济特区，外地人进入深圳必须持有广东省公安厅签发的边防证）而我只有一张山东XX学院的学生证。还好我长了一张学生脸，在费尽口舌解释了半天之后，终于补办了一张边防证，被那个武警叔叔放了进来。

　　在经历了数小时火车颠簸和一点点小小的阻挠之后，我终于跨进了江湖传说中那毁誉参半的深圳经济特区。

　　深圳和我一开始的想象完全不同。我以为深圳是一个平原地带，没想到郊区的山还是蛮多的，不过风景真的是漂亮。而且和山东的山不同的是，路两旁全是北方看不到的美丽而高大的椰树。市区要比电视上好看多了，到处都是美丽的草坪和说不出名字的南国树种，让我本有些疲惫的精神马上就振奋起来。

　　马路上车水马龙，巨大的广告牌四处林立，身穿职业装的人群脚步匆匆忙忙，一派热闹的都市风景。我没有去过上海，只是在电视里或者网络上看到过上海的繁华和上班族的匆忙，当我看到这一切时候，我就觉得这里和上海一样，是一个快节奏的世界。

　　只是火车站里各地方言在我耳边骚扰我的听觉。还好，我早

就联系了另外两个有空的网友来接我。虽然我们没见过面，可是这两个小伙子很有诚意也很够哥们。等了一会儿，网友李浪和丁旭伟就到了。李浪要比我想象中还要帅气，那叫什么来着？对，风流倜傥！而丁旭伟则是标准的东北男人，感觉像学校里的师兄更合适一些。以前在网上聊天的时候可从来没有想到我们的见面竟然是这个样子，不过我们还是一见如故，没说了几句话，就称兄道弟了。

　　他们本来还担心我在深圳该怎么开始我的生活，不过我告诉他们我已经定下了有个公司面试，所以我让李浪他们把我送到那个公司楼下，就让他们回去了。

　　而且更搞笑的是，当李浪送我到公司楼下的时候，很诧异地问我："你来我们公司干吗？"

　　我哑然失笑，原来深圳这么小。

　　我笑着跟李浪说："兄弟，搞不好我们就要成为同事了。"

　　李浪很兴奋地嘱咐了我很多面试时要注意的情况，才依依不舍地和丁旭伟离去。

　　到公司楼下的时候，离面试时间还早。我决定在赛格科技二楼网吧等候通知，顺便上一会儿网告诉徐大川他们我已抵达深圳。坐下后才发现，这里上网一个小时居然要5块钱。我真晕啊，真的很想告诉网吧老板干脆去抢得了。

　　快到下网时间的时候去了趟厕所，结果回来一看，本来坐在我旁边的小子和我的上网卡都不见了，50元押金自然也就没了！

刚到这里还没有上班，深圳就着实给我上了第一课：不要相信任何人，特别是在你身边的人。

　　公司负责给我面试的是吕良东经理本人，早在网站上就了解了东哥的创业史，简直具有传奇色彩：他从露宿街头到今天拥有深圳排名第三的网络设计公司，这期间仅仅四年而已。见到东哥，给我的第一印象他就是个很干练的商人，说话也蛮风趣的。经过一个多小时的交谈，东哥要我去业务二部熟悉我接下来要做的工作。这让我一阵狂喜，好歹，我已经在这个城市拥有了一份工作，哪怕是暂时的，我也能安定下来了。业务二部就是电话营销部，就是打电话找有意向的客户，然后和他们签合同拿钱。

　　我不止一次说过：我不怕天，不怕地，就怕做业务员！现在却来到中国最有挑战性的城市做最有挑战性的工作，现在想来真具有戏剧性，不过开弓没有回头箭，况且我相信简单也早已知道我到了深圳，想到这里，我对自己说：走到这里，你已经回不了头了，只有走下去，并且要走好。

　　一下午我到处虚心求教，东学学西看看，业务还没怎么熟悉，不过倒是和几个同事聊得火热。他们都很喜欢我，我也很喜欢他们。

　　晚上公司安排住宿舍，我没有去，而是住在技术部同事杨大楼家。他是个陕西汉子，豪爽不说，还特别热情。他愿意照顾我，还让我住进他家，我心里一阵感动。而且他家有计算机，也方便我把这些日子的生活和工作记录下来。我是宁可丢了命也

不会丢笔的人，而且，在深圳的这一个月里，我将会遇到什么事情，将会遭遇什么困难，我怎么可能不记录下来。

不过来到深圳，我观念上的第一个改变就是传说中的男女合租在这里竟然是这么普及。两室一厅的房子，一人一间卧室，其余共享。当然我不会和女孩子住在一起，老家的传统观念短短一个月我还是改变不了的。

自从我坐了25个小时的火车到深圳，再加上面试等等，我的眼都没有闭过。现在，我终于可以休息了。

躺在杨大楼给我铺出来的温暖被窝里，我疲惫而又满足地闭上眼。我在心里对简单说：我一切平安，不必挂念，我会在这里找到我的成功方向。晚安！

❖3❖

刚开始上班，我当然要好好表现了。这两天上班就是忙着打电话，本来在心里演练了无数遍怎么开口，怎么说服客户，可是谁知第一天就被拒绝了将近两百多次，有些人接到电话后，才听到我的自我介绍，就挂了电话。

长这么大第一次尝到失败的滋味，那些客户不光挂我的电话，而且语气非常生硬。这让我全身都充满了挫败感，一点精神都打不起来。

去请教杨大楼，大楼说这还是轻的，更多的残酷回绝和伤害人的语言我还没有尝试过呢。我是个男孩子，可是那一刻也有了

放弃的想法。

原来在深圳，竞争是如此残酷和不近人情。就拿杨大楼来说，他是西安科技大学的计算机硕士，来深圳也有半年了，可是他每天还是接受着无数次的失败和被拒绝。他说传说中的深圳和现实中的深圳其实也有着巨大的差距，走在大街上，你会发现这里每个人脸上的表情都是一样的冷漠而空洞。深圳没有眼泪也不相信眼泪，不存在怜悯，更没有同情。每一个来这里奋斗的年轻人，都知道，在深圳，要么辉煌，要么死亡。就是这么简单，这里就是深圳。

28号下午，部门经理敖希在公司会议室召开商务二部总结会。会议主题是通过同事李玉签单成功的案例来分析在平时业务活动中所遇到的常见问题。李玉的经验其实很简单，四个字就能概括——"锲而不舍"，但是关键也在这四个字。我看着讲台上意气风发的女孩子，心里暗暗吃惊。一个长相普通的女孩子，她背后的眼泪和失败却是我的几倍乃至几十倍，可是她没放弃，所以她成功了。而我呢？口口声声要来追寻我的未来，而我的未来在哪里？想到至今和我未联系的简单，想到躺在病床上的强子，还有我那短暂的大一生活，我有什么资格说放弃？

通过李玉的经验和敖希的总结，我终于相信，深圳真的是一个盛产英雄的地方。如果说在济南，只有事业成功，轰轰烈烈才算英雄的话，那么联华公司里，我们小小的二部中的每一位员工又算是什么呢？在我心里，他们一样是英雄。

　　他们也许没有那么惊天动地，有的只是普通的外貌，普通的生活，他们平凡，但他们脚踏实地，一步一个脚印，用他们的平凡铸就了整个特区的今天。这也让我渐渐领悟，在成功的道路上，灵感和创新固然重要，但最重要的，莫过于脚踏实地的坚持。

　　电视上网络上整天都在放着各种各样的讲座和精神宣传，而在这里，我也看到了一种精神——深圳精神！什么叫作深圳精神？

　　在深圳，没有绝对的成功，更没有绝对的失败。没错，在我看来，我身边的每一个人的生活就是深圳精神。

　　就像一列高速行驶的求职火车上，有的人坐在一等座喝着毛尖，有的人站在过道里忍受寒风，有的人初中都没念完便背上行囊，有的人读完了硕士博士手拿证件，有的人两眼无神目光呆滞，有的人充满自信面带微笑。他们都知道，在终点，有一个个知名企业的老板在等待着他们，这列火车上的所有人都是自己的竞争对手，他们各怀鬼胎，盘算着如何将其他人打败。

　　然而火车到站之后，他们才发现，老板们不在乎你是怎么来的，也不在乎你是什么学历，更不在乎你心里究竟是怎么想的，他们所在乎的，只有一件事——那就是你会干什么。

　　守株待兔的人往往会被活活饿死，机遇是要靠自己争取的，就算你运气爆棚，就算你是上天的宠儿，保罗·博古斯亲自找你当二厨，迈克尔·杰克逊亲自找你当伴舞，比尔·盖茨亲自找你当经纪人，他们在你面前，对你真诚地伸出手掌，请问你西餐做得棒么？请问你跳舞跳得好么？请问你又深入钻研了多少经济学

会计学呢？先不说这样的机遇简直逆天，就算真到那个时候，你敢自信地伸手握住他们任何一人的手掌么？——天上或许会掉馅饼，但你得接得住才行，脚踏实地地努力提升自己，那才是最正经的事。

而我，绝不会允许自己一个月后的离开，是因为在深圳时不够努力导致的。

今天早上，我上班时亲眼看到华强北路和铜锣湾的大街上，那些露宿街头的打工仔们在寒风中蜷缩在墙角。也许几个月之后，他们其中会有人狼狈地踏上返乡的列车，也许有的人会和现在一样睡在甚至死在街头。但不知道为什么，此刻的我，宁愿相信更多的人衣装笔挺地坐在商业写字楼里，拥有属于自己的事业。

以前看电影《珍珠港》，面对日本人的嚣张气焰和国内的失败情绪，总统罗斯福对美国国民说："Nothing is impossible！（没有事是不可能的！）"。当初看到这话，我只能感觉到英雄的豪迈却无法体会其背后的含义。在我失落的时候，我也会用这话来激励自己。可是潜意识里，我还是觉得命运能主宰我，而我是一只小虫子，挣扎在自己爬入的一片叶中，害怕光线点燃了我，恐惧雨滴淹没了我……

而现在，我完全相信了这句话，也明白了这话背后的深刻含义。朝为田舍郎，暮登天子堂，将相本无种，男儿当自强。在深圳，年轻气盛也好，老气横秋也罢，只要有激情有信念，就一定会成功。

这里拥有全中国最美丽的城市风景，拥有最美丽的都市女性，这里是深圳。我却感觉不到温暖，感觉不到自己曾经拥有的激情豪迈，感觉不到自己的价值和成功。我好怀念家乡的安详和温馨，怀念坐在学校的操场上，和徐大川喝酒和简单一起吃冰激凌的日子。那时天是蓝的，风是暖的，云是白的……我们，是快乐的。

我坐在忙碌办公室，却克制不住自己翻腾的思绪。不知道七千里外的简单现在在干什么？会不会想起我，会不会四处打听我的下落？不知道强子有没有好一点，也不知道徐大川有没有去九寨沟，还有许炎和李小辉，他们又过得怎么样？匆忙在面前穿梭而过的同事，给我的眼神都是安慰和鼓励的，在他们眼里，我是个勇气可嘉的男孩子，可是他们又有谁知道，我心底的思念刻骨铭心。

"张扬，敖希让我把这单子给你，这上面的名单都是今天你要一一打电话拜访到的。祝你成功。"杨大楼走过来，递给我一份单子。

上面密密麻麻的名字和电话号码已经后面长长的备注让我头晕眼花，可是我不能逃避也不能放弃，我选择了今天这条路，我就要踏踏实实地走好。

"累了？"杨大楼似乎发现了我的心不在焉，俯下身拍着我的肩膀递给我一杯水。

我笑着摇摇头，心里马上否决了自己刚才对深圳的种种想象

和评论。或许这个地方有竞争，但是这个地方也有同情和帮助。

"张扬，你过来一下。"敖希在办公室门口叫我。

这让我心里不由自主地就有点紧张，已经两天了，我一点成绩都没有，所有我打过去的电话，都是失败的。连约定坐下来见个面谈谈的案例都没有，难道经理要对我"训话"？

"张扬，虽然你还是个学生，可是你既然到了公司就是公司的一员。而现在这一个月，你就是我二部的销售人员，我希望你能总结刚才开会时候经验，好好地完成你的任务，可以吗？"敖希说话很柔和，人也很帅气，可是还是给胃我很大的压迫力。

"好……好的经理，我会努力的。"

"光努力不行，你要注意自己讲话的技巧。你可以跟别人多学习学习。"敖希真的是一个温柔的男人，可惜我不是女人，否则也会心动。

"张扬，你很勇敢，我像你这么大的时候，一点都没有出来工作的打算。我相信几年后，你会很成功。"敖希的鼓励让我很振奋，"如果你什么都没有做成，一个月后回去，对自己也交代不了，是不是？"

我沉默了一会儿，说道："谢谢经理。"

其实我还想说些什么，可是说不出来了。或许他说得对，我还是不会讲话吧，我在学校里能言善辩的那张嘴哪里去了？

一出经理室的门，杨大楼就向我做了个加油的手势，我笑笑，回到自己的位置前，深呼吸一下，然后拿起电话。

敖希说得对，我没有机会再去缅怀什么思念什么，我现在能做的就是完成手里的工作，做出成绩，这样才不枉费我不远千里来到这里的目的。

❖4❖

从来到深圳，已经过去了很多天，这里的天气，和我的心情相似，总是有这么冗长的忧伤。南国的天气已经连续几天阴郁，乌云没有散开的意思，一切都显得那么压抑，让我有些透不过气。

工作的时间，总是坐在小小的格子间打着电话，和电话线对面不知道什么面目的人群打交道，让生性好动的我总是莫名地烦躁。但今天，总算让我等到一个能透气的机会。

隔壁的颜姐是刚被南京分公司调到深圳总部的，就在今天，她去国欣律师事务所面见客户之前，走到我面前对我说："想不想去见见世面？"这让我有点兴奋，我本就是学法律的，这次也算让我有了一次难得学习的机会，况且还可以出去透透气，这种好事何乐而不为呢？

在跟敖希经理申请之后，我终于如愿以偿地做了回"小跟屁虫"。门外下着小雨，由于联华离国欣律师事务所离得不是很远，所以我们决定走着过去。

"张扬，你今年多大了？"颜姐打着伞，把我当小孩子一样护在内侧，这让我很不好意思。

"我今年19了。"我在颜姐这个女强人面前可是规规矩矩多了。

　　"你好小啊，我19岁的时候在干吗呢？"颜姐扬起脸，眼神中流露出我从没见过的天真神色，"我19的时候在大学谈恋爱呢，哈哈。你都出来打工了，现在的小伙子真不错。"颜姐赞赏地看了我一眼。这让我汗颜啊。

　　"小伙子，要加油哦，这里的世界现在是前辈的，将来可就是你们的了。我们这批七十年代的人，是最悲惨的了。"颜姐似乎有点感叹。

　　这让我想起了网上很多70后的言论，他们觉得，这个世界现在掌握在60年代的人手中，一般大企业的管理者和创业者，都是60年代的人。而70年代的，都是打工仔，没有权力没有经济，然而现在的80后来势凶猛，让70年代的他们承受了很多压力。

　　"颜姐，其实80后的压力也很大啊。"我一点都不赞同网上所谓70后的观点。

　　压力所有人都相同，只是80后里面有几个站在了风口浪尖，让大家觉得80后很凶猛很有冲击力。可是绝大多数的80后还是在父母的保护下混混沌沌地过日子，丝毫没有危机意识和竞争意识，这样的我们还不是最后被70后赶出市场吗？

　　我把我的想法跟颜姐细细一说，颜姐也觉得有道理，随后颜姐又和我说了很多营销技巧和在深圳的感受，这使我触动很深。

　　特别是颜姐说："来了深圳，就该收拾起你的自卑你的怀念和你的回忆。这里不相信眼泪，也没有人会因为你的眼泪给你同情。你要学会是研究客户的心理，你会觉得销售行业里面很多营

销手法很卑鄙，可是要知道，商场如战场，你不努力就会被对手淘汰，然后狼狈回乡。"

我沉默着点点头，在心里默默推翻那个半年前幼稚的我，努力把深圳的我重塑起来。

这里的观念和家乡有着太多的不同，这是从小在孔孟之乡接受儒教文化熏陶的我所无法预料到的。可是无法预料和强迫你接受之间根本没有联系，你可以不预料，但是你要接受，否则，你就回去。

有人说深圳是最冷漠和没有人情味的城市，这种说法虽然很极端，也并不是没有道理。改革开放以后，深圳在经济腾飞的同时也造就了全国独一无二的城市文化，深圳学校拔苗助长式地发展，"锦绣中华"的声名远播，深圳书城每天的人满为患，地王大厦建造之初七天四层楼的记录，无不透露着深圳的浮躁和对文化荒漠的恐慌。前一段又听说素有深圳经济四大支柱之称的华为和招商银行要迁去上海，虽然还不确定到底会不会迁过去，但至少表现出深圳的潜在危机已经开始明朗化。

不错，处在广州和香港之间的深圳地理处境太尴尬了，作为中国第一个经济特区，它到底承担着怎样的任务和责任，估计深圳是回答不出来的。而且深圳发展得实在太快了，速度快的已经有些不正常，中国俗话说欲速而不达，在这种速度得背后已经就渐渐暴露出它的致命缺点——速度过快而导致的后劲不足。作为中央改革开放的试验田，深圳已经完成了它的历史作用，面对这种

尴尬处境，如何培养更新其城市文化和发展后备力量已经成为当务之急。

当然，这些乱七八糟的大事都不需要我来考虑，可是当我站在这个尴尬的城市做着尴尬的工作，我不得不胡言乱语地写下了上面那些和小说本身并无关系的话。

当然，深圳作为一种模式一种尝试和一个梦想，更成为无数英雄展现自己的平台。群雄逐鹿，唯有能者而居之。中国膜拜英雄，深圳生产英雄，这已经和地王大厦一样成为深圳的标志。深圳作为中国人口平均年龄最年轻的城市，却拥有九百万名充满激情的创业者和建设者。

想想看，一个平均年龄只有27岁的城市，每天会创造着怎样的奇迹和神话，更不可思议的是作为一个全移民城市，深圳只有十分之一的人拥有深圳户口。也就是说在这里有着近八百万人身上只有暂住证，但正是这些人喊出了"时间就是金钱，效率就是生命"的口号。

就是他们，包括我在内，每天用自己的汗水，泪水，血水浇灌着这座年轻的城市。

而那些拥有深圳户口的人又是怎样生活的呢？他们最经典的生活方式是这样的：每天都睡到日上三竿才醒，然后打着哈欠踱进茶市，要一壶茶几碟点心，慢悠悠地一泡就是大半天。喝完茶后骑着摩托车到处去收房租，钱到手后就去打麻将，打累了才睡觉，睡醒后再去喝茶，收房租，打麻将……如此日复一日，年复

一年，不仅不知道稼穑之苦，很多人连农作物都不认识了。所谓造化弄人，这就是命运，会造就出两种截然不同的生活。

虽然现在的生活又紧张又艰苦，可是我一点都不后悔自己的选择。因为我知道这将会成为我人生道路上不可替代的里程碑。

"天之道，利而不害，圣人之道，为而不争。"这是深圳，让我知道什么是残酷，什么是竞争，什么又是坚强。

我想，我会坚强地继续。

❖5❖

这两天天上黑沉沉的乌云终于一点点地散去，而我的心情也犹如深圳的天气一样从忧伤转向明媚。

昨天上午，也就是30号，总经理吕良东在商务二部召开月终总结。我一直想和敖希说我能不能不去开会，因为这几天来，我什么成绩都没有。我该怎么面对总经理啊？

可是敖希说我一定要去，现在不出业绩不怕，就怕我还不愿意听取经验学习经验。我想来想去，还是决定去开会，不管怎么样，我也要勇敢面对自己选择的事业吧。

会议上总结出来，我们商务二部总体落后于商务一部，没有完成这个月的计划。听到总经理宣布了这个消息，我深深地把脑袋藏在了人群后面。要是我能完成我的任务，能帮业务二部增加好几个百分点呢。坐在我身边的杨大楼好像看出了我的想法，伸手拍了拍我放在膝盖上的手，颜姐也回过头来对我鼓励的微笑。

可是我们二部还是有傲人的成绩的，因为业务员前两名还是落在二部，第一名欧阳真，第二名敖希。第三名就是好兄弟李浪了，从进公司到现在，我和他都没有多少来往，他在一部，和我们二部不在同一层，平时也都忙，现在看到他在大会上被表扬，我真心替他高兴。

东哥还给他们发了红包，我们给他们热烈地鼓掌，也希望有一天我们能拿到那个红包。钱多钱少不是很重要，但是那是一种能力的肯定。深圳就是这个样子，只要你肯努力，就一定有收获。

虽然我的时间只有一个月，但我也要做到最好。不光要学习他们的经验，还要加上自己的努力，我一定不能拖整个业务二部的后腿，哪怕只有一个月。

功夫不负有心人，也许上天也在眷顾我吧，在被拒绝了七百多次以后，终于有客户肯见我面谈了。

今天是31号，一个月就要过去了，下午6点我和杨大楼按照约定的时间来到蔡屋围老四坊45号幼儿园楼305室的楼下，然后给客户陈经理打电话。可是她的秘书说她有事出去了，让我们7点以后再来。

我有点不高兴，大老远地赶来，而且也提前约好了时间，可是还是被拒绝，并且是用时间来拖延我们。

杨大楼果然是个业务老手，他点了根烟，随着吐出去的烟雾淡淡地说："业务员就是这个样子，人家怎么说你就要怎么做，反正时间还早，我们去逛逛。你来深圳后也没逛过街是吧？"

　　我点点头，反正闲着也是闲着，我就和他一起走走吧。

　　正好荔枝公园也在红宝路，于是我和杨大楼决定去荔枝公园走走。与济南或者内地其他大城市不同的是，深圳的所有公园都是免费对外开放的。当各大城市为每年几百万的公园门票收入而疯狂的时候，深圳人早已习惯了每天免费逛逛公园的生活，俗话说人到无求品自高，一个城市也是这个样子，深圳的经济水平已经不需要靠自己城市居民或外地游客买几张门票来拉动城市经济的增长点了。

　　荔枝公园只是深圳各个公园里很普通的一个，但是走到里面给我的震撼还是很大。

　　不可否认，深圳并没有太多的人文景观，遍布大街小巷的是无数的人造景观。然后深圳这些很多后天制造的公园景观其美观度却远远高于内地许多所谓的历史遗产。

　　尤其让我赞叹不已的，还是在深圳的公园里看到的人与自然的和谐，那种和谐度已经达到浑然天成的程度。虽然这是一座工业城市，但是深圳的旅游环境也和她的工业一样闻名遐迩。所谓"四面荷花三面柳，一城山色半城湖"，济南是鼎鼎大名的泉城，它没有做到，深圳却反而做到了。

　　也许是今天是周六的缘故，荔枝公园里人声鼎沸，好不热闹。数不清的男男女女，老老少少唱歌、跳舞、弹琴，和他地人的腼腆形成鲜明对比的是深圳人更善于在别人面前表现自己。作为一种独特的城市文化，深圳在这一方面已经与其他城市发生裂

变，虽然一开始可能是痛苦的，但是我相信作为改革开放的前沿阵地，深圳的现在就是二十年后的其他城市。真正的文明实质上是一种精神秩序，因而其准则并非物质财富，而是精神洞见。所以，深圳模式最终将会是我们的路标。

逛了没一会儿，我还没有感慨够，就被杨大楼拉离了现场。七点整，我们回到陈经理楼下。谢天谢地，这一次终于见到她了。

陈经理是香港人，大概三十四五岁的样子，是一个典型的商界女性。我们一开始并没有谈及业务，而是和陈经理聊起了她的创业史。

陈经理也很喜欢和人聊她的创业史，也很喜欢和人分享她的成功。原来她也是广告业务出身，所以很注重广告宣传的作用。

这既是好事也是坏事，好事是，她能理解我们所要做的网络宣传，坏事是，她既然是内行，我们就糊弄不了了。

果然不出我意料，谈判很艰难。最后经过两个小时艰苦谈判，陈小姐终于同意购买普通登陆业务。

我终于松了一口气，在签合同的时候，我的手不停地颤抖。当写上我的名字的时候，我的眼睛开始模糊。难以克制的激动心情瞬间油然而生，那一刻，我想起了吕经理的那句话："做业务的过程其实就是一个征服别人的过程，你要让一个老板心甘情愿地把钱交给你。"

现在虽然只有区区几百块，但毕竟是我19年来第一次用自己的能力拿到的。接过支票的时候，我难以克制自己激动的情绪，

我站起来，对陈经理说："陈经理，我衷心感谢您两件事：一，这是我签的第一份合同；二，您用现身说法为我上了一课，教给了我作为一名业务员应该怎么做，不应该怎么做。"说完之后，我深深地鞠了一个90度的躬，真是发自我内心的，而且我的眼眶，也不由自主地湿润了。我在心里对自己说："张扬，你做到了。"

看我这个样子，陈经理显然很意外，她笑着说："小张，只要用心努力，我相信你会成为一个优秀的业务员。下个月那个两万五的业务我还要和你再谈。"

出了泰力威公司，我对杨大楼说："今天我真的收获很大。虽然下个月我就要走了，那个单我和陈经理可能谈不成了，但是今天，我会永远地记住今天，记住这位陈经理。她给了我机会，让我在深圳挖掘了自己的第一桶金。"

一路上我很兴奋，杨大楼却是沉默着，只是轻拍着手里的合同，是啊，对于他的业绩来说，这个合同不过是九牛一毛罢了。

青春是一场战争，烟火之后的真相是两败俱伤，而蜕皮之后的疼痛将会是最终的结果。今天，就在今天，我在深圳灯火辉煌的大街上蜕去了我二十年来自以为是的嚣张和自傲，我想，我接下来走向的，是我的成熟和自律。

❖ 6 ❖

今年8月1日是中国人民解放军建军七十七周年纪念日，与深

圳一水之隔的香港举行了驻港部队阅兵典礼，而深圳也有许多各式各样的庆祝活动。在这里首先祝愿我们伟大的祖国繁荣昌盛，国泰民安。

啰唆了一堆，其实这些都和我现在的日子没有多大关系，但是我好歹也是个男儿吧，理当保家卫国征战沙场。但是现在没有战争，那我就祝福一下我的祖国。

忙了一个星期，今天是周末，我好不容易有机会睡上一个安稳觉，所以深圳的很多庆典活动我不光没看到，连电视上的重播都没有机会看到。因为早上起来的时候已经是十一点半了。可不是我懒，实在是原来在学校给我惯下的毛病。现在又忙碌了一个星期，好不容易抓到机会当然醒不过来。

杨大楼也和我一样，早上都处于昏睡状态。

正当我们两为中午饭一筹莫展的时候，住在杨大楼家楼上六楼的商务一部经理唐艳红买了很多菜来敲我们的门。

"小张啊，我们一部都听说你了，挺佩服你的勇气的，今天我买了很多菜，一起上去搞个家庭聚餐吧。听说你上个礼拜签了个单子，就为我签单庆祝一下。"唐艳红站在门口笑眯眯地看着我，我不好意思地直看杨大楼。

"这不好吧，太麻烦你了。"我搓着手，有点害羞。

"有什么不好意思的，你是山东人吧？我们是老乡。我是淄博人，你就把我当姐，别见外，你一个小伙子出门在外，有什么事找我好了。"不愧是山东女人，快人快语，让我一下子没有了

局促和见外。

　　我和杨大楼收拾了一下就上去了，杨大楼告诉我，在公司，唐艳红是个传奇式人物。当初她来深圳联华的第一个月，就签了七张单，成为公司业务史上不可逾越的纪录。

　　我听得目瞪口呆，一点都想象不出现在在厨房拿勺子的艳红姐是这么厉害的人物。

　　说实话，我还是蛮敬佩我们公司的员工的，他们来自全国各地，不知道有什么样的学历和过去，但是他们都在深圳这片令人热血沸腾的土地上创造着自己生命中最难以磨灭的痕迹，虽然更多的人最终还是要选择离开，但是我相信，他们不会后悔把自己最宝贵的青春献给深圳。反而，这将会成为各自生命中最美丽的回忆。他们肯定坚定地保持着这个信念："我年轻过，我奋斗过！因此我无怨无悔。"

　　看到红艳姐在厨房忙碌，我很不好意思，赶紧也上前帮忙。以前我在家可也是会下厨的，虽然是男孩子，可是我也不是"君子"，都说君子远庖厨也，可见我这辈子都成不了君子。

　　一番忙碌和打闹，我们终于可以开饭了。

　　我自己下厨炒了五个菜，个个色香味俱全。没有想到来到深圳后，自己的烹饪技巧还没有落下。用红艳姐他们的话说就是饭菜味道正好和我的数学成绩成反比，我羞愧得连连叫救命！难道连深圳都知道我的数学是烂得一塌糊涂的吗？当然我知道，他们这是故意给我鼓励呢，不管怎么说，深圳已经让我觉得越来越亲

切了。

　　这是我到深圳后第一次感觉到家的温暖，也是来深圳第一次吃饱饭。说起来有点不好意思，不是我不吃饭，而是我吃不饱，这里和内地不一样，这里吃饭的碗放在内地比烟灰缸都要小。初来的时候，我根本没想到那个就是吃饭的碗，一度以为那个是放勺子的小配件。于是对于我这个能吃的男生来说，吃饭就成了煎熬。饭吃不饱不说，吃菜的时候，菜叶都是可以数得清的。

　　"红艳姐，还是在你家吃饭舒服，我终于能吃饱了！"饭后我满足地抱着圆滚滚的肚子躺在沙发上。

　　杨大楼倒是不失时机地告诉红艳姐我出去吃饭的种种糗事，把红艳姐逗得前仰后合。

　　虽然日子是很苦，不过我不后悔来到这里。

　　我知道这是青春的最后时光，在经过痛苦的蜕皮之后，我将要变成可以依靠自己翅膀飞翔的蝴蝶。

　　只是，深圳，请你不要折断我的翅膀。

❖7❖

　　今天是星期一，一大早出门的时候，杨大楼就搂着我的肩膀说："兄弟，今天是你出风头的时候啦！"

　　我心里也有点兴奋，今天可以交单了，我的第一笔单子啊。虽然不知道同事们会怎样看待我的第一张单子，但是我还是很有成就感的。

当我在公司把合同和支票交到客服部经理郭媛媛手里时候，心里不由得充满了喜悦和渴望：喜悦是我终于有了一张单子了，渴望是渴望能有人祝贺我，继续鼓励我。我太需要这样的东西了。

果然，还是有人能理解我的小小渴望的。同样来交单的李浪看到我的单子后，大大地表扬了我一番，我嘴上说着没什么，心里美滋滋的。还有闻讯而来的吕良东总经理，也乐呵呵地说："张扬，不错啊，我没看走眼啊。好好努力，等你毕业了，还来我这里帮我干！"我笑得很开怀，虽然后来杨大楼说我笑得很傻。不过没关系，难得傻一回。要是每次交单我都能得到表扬都能傻笑，我到愿意天天傻呢。

在上午的周一例会上，我刚打算找个角落坐下来再学点经验，就听到敖希在前面叫我："张扬，你今天交了张单子，很不错吗，来这里，给我们二部同事讲讲你的经验。"

顿时，我脸都红了，觉得周围的人都齐刷刷地看着我，好不自在。

"没关系，来讲讲，和大家交流交流。"敖希还是鼓励地看着我。

杨大楼在身后推我上去，弄得我很不好意思。这么一张小单比起其他同事算得了什么？不过我还是鼓起勇气走了过去，赢来一片热烈的掌声。

我站在最前面，先是下意识地咳嗽了两下清了清嗓子。下面一片善意的笑声，害我心里大大地惭愧了一把，还以为这里是我

的文学社呢！赶紧端正了姿态，摆出谦虚的面孔。

　　"我觉得我今天站在这里，很不好意思。首先，我才签了一张单，而且在诸位前辈面前可谓不值一提，所以其实我的压力更大了。我更应该向大家学习经验，更加努力，锻炼自己才对。"我将心底的话实话实说，感觉自己也平静了很多，这才开始说下面的话，"我觉得自己还有很多需要加强的地方，比如说气质要向敖希一样玉树临风，业务要向欧阳一样遥遥领先，态度要向李玉一样一丝不苟，经验要向颜姐一样丰富。那才叫一名成功的业务员呢！"说完这些，他们都笑了。尤其是敖希，在一边不好意思地垂下头，连连说："我不帅我不帅。"逗得很多女同事都合不拢嘴。

　　还有颜姐，幽默地在下面对着各位同事优雅地抱拳，像个侠女般内敛谦虚，我都忍不住笑出声来。

　　我趁乱跑下座位，感觉脸都涨红了。

　　会上敖希这个月分给我的任务是两万，比起其他同事来讲，我是最少的。我知道，作为新员工，还是一个月就要走的学生工，这样已经是敖希在故意照顾我了，但我不会因为这样而态度散漫。记得以前忙文学社的事情的时候，简单跟我说过，她相信无论在哪里张扬都是最优秀的，无论是社团也好，学习也好，交友也好，张扬都是最棒的。我不会让她在故乡为我失望的，我相信在爸爸，妈妈，朋友，兄弟眼里，我也一样是他们的骄傲。不论是在故乡还是在深圳，我都不会让自己的生命后悔，就像李宗

盛所唱：忙，是为了自己的理想还是不让别人失望。而我，这两者都要选上。

我要更加努力地工作，更加努力地学习经验，更加努力地，不让他们对我失望。

只是，我来时带的那点生活费，早已所剩无几了。在一边努力工作的同时我也一边在向朋友和兄弟们求助。不是不想向深圳的同事们求助，而是我知道，在深圳这个地方，每一个人都有自己的原则。可以请人吃饭，但是不能借人钱，因为谁都不知道明天还能不能看到对方。可以收留别人暂住几天，但是绝对不能帮人介绍工作，因为每个人的工作都是自己努力得来的。我深知他们的原则，所以我不会开口，我也不会让他们为难。

我只怪自己当初估计不足，为什么在济南能用两个月的生活费，到这里只能撑一个多礼拜。不过不管怎么说，只有把现在手头的工作做好，我才能再回头考虑吃饭的问题。

中午休息的时候，我偷偷地上了会儿网，在网上遇到火车上的那个硕士兄弟杨明照。我急不可耐地向他"汇报"了我这一个礼拜来的情况，一方面是让他放心，小兄弟我也能行；另一方面，我不得不承认，我也有点得意，想要炫耀一下我那张单子的成功。

然而听了我在深圳的感受和现状之后，他却让我过几天到广州中山大学生命科学学院，说他要帮我买回济南的火车票，不让我待在深圳了。在他看来，我这是单纯地吃苦，而不是进步。

　　我只能好好跟他解释我的信心和打算，让他打消把我"遣送回乡"的念头。我很认真地对他说，对我而言，失败只有一个，就是放弃希望。来到深圳的第一天我就告诉自己，我不可以在南方失败。虽然在深圳，小小的一个我可能什么都算不上。但是在我心里，我就是代表整个山东，我怎么可以让家乡丢脸？我委婉但是坚决地谢绝了他的好意，我决不会半途而废。

　　听了我的解释和说明，杨明照沉默许久，打出了让我很振奋的一行字："兄弟，我支持你的梦想，我支持你不愿意放弃的精神。但是你记住，一旦遇到过不去的坎，记得还有我在这里，你随时可以来找我，我都将竭尽所能地帮助你！"

　　我承认，我不是一个多愁善感的人，我也不是一个容易被感动的男子汉。可是那一刻，我强忍着眼泪，没有让它掉下来。

　　我颤抖着双手打出"谢谢"两字，我想没有再多的话能概括我此时的心情了。除了谢，我还能做什么呢？

　　站起身，我走到阳台边，深深地吸一口这个城市浑浊却又令人振奋的空气，远远看去，西边是深圳最高的建筑也是深圳的标志——地王大厦。那里，埋葬了无数英雄美梦和多少企业公司的腥风血雨？"万里长城万里空，百世英雄百世梦。"在浮华之后也许埋藏得更多的是茫然。

　　在思量了很久之后，我终于掏出手机，给简单发了一条短信。短信不长，就几句话："简单，我在深圳追逐我的梦想。我想我已经拥有了翅膀，不知你还是否愿意伴我飞翔。"

　　发完，我强迫自己把对她的期待丢开，继续回到办公桌前，开始新一轮的电话轰炸。我有了翅膀，我也要飞翔。深圳，你埋葬不了我的豪情，折煞不了我的翅膀。

　　没有料到的是，没有一分钟，简单就回了短信过来，她说："张扬，我等你回来，伴你飞翔。"

　　早已湿润的眼眶，再也承载不了眼泪的重量；隐忍已久的眼泪，再也抗拒不了地心引力的召唤；冷漠已久的心房，再也束缚不了温暖的入驻。这一切，都让我瞬间变得脆弱。

　　但是同事们各自打电话的声音还是迫使我找回了自己的理智，我抹去眼角的泪水，继续奋斗。不过还好，我知道故乡有个女孩在等着我回家。

　　下午的天气很好，透过钢筋水泥建筑物的玻璃可以看见外面的天空。深圳的天幕很低，在深圳的高层写字楼往南看可以看见美丽的香港，看见那些浮云在往北飘，那是前往故乡的方向。它们就这样一去不复返，我的内心刹那间充满了惆怅。

　　时间是怎么爬上我的皮肤的，只有我自己最清楚，我长大了，不再是那个年少轻狂的孩子。这点也只有我最清楚。

　　可是不知道为什么，莫名的忧伤却像是从我们指间划过的那种叫作岁月的东西一样，偶尔还是会涌上心头。

　　青春的尾巴上，一个十九岁的少年站在深圳最繁华商业圈里的写字楼上泪流满面，借以缅怀自己逝去的似水年华。

　　我问自己究竟为什么忧伤？

郁郁黄花，无非般若。青青翠竹，尽是法身。冥冥之中，佛曰：不可说，不可说……

❖8❖

早上的天气很不好，上班经过梅林检查站的时候，天空忽然下起大雨。深圳的天气就是这样，刚才还是晴空万里，一会儿就可能暴雨倾盆。当车到站的时候，雨仍然没有停的意思，我只好冒雨跑到公司。

坐电梯到十楼，我浑身都已经湿透了，湿淋淋地跨出电梯，就迎上了敖希惊讶的目光。

"小张，你搞什么？刚才去游泳了吗？"敖希还有心情开玩笑。

我尴尬地笑笑，指指窗外，顺便给办公室的同仁们报告了今天的天气预报。本来，按公司规定上班必须穿衬衫，西裤和皮鞋。但是看我全身都滴水，敖希经理特批准许我上班可以"便装"。

换了一身干爽的衣服，对着镜子里的自己微笑一下，发现还是T恤牛仔裤适合我。这是我来深圳这么久第一次穿上T恤，比那什么西装舒服多了。

换好衣服，我站在卫生间思量来思量去，还是决定去敖希的办公室跟他申请一下公司的宿舍，我想我还是搬回公司住比较好。

一开始敖希就要安排我住在公司的，是我自己回绝了，可是现在又要回去申请，我有点踌躇，站在敖希门口，转了几个圈，

还是没想好怎么说。

"张扬，你站在这干吗呀？看门啊？"颜姐走来走去几次，都看到我在原地打转，就上前来开我的玩笑。

"我，没有。"我被她吓了一跳，看来我是太专心想自己的心事了。

"怎么了？是不是想跟经理说什么却不敢进去？"颜姐对我很关心，有一点点江南女子的细致和温柔。

"没什么，我马上就进去。"我转身就打算去敲门。但是颜姐拉住了我的手，不让我敲门。"你跟我来。"颜姐抓着我的胳膊，把我带到角落的小会议室，关上门，让我坐下。然后她去接了两杯水，也端坐在我面前，"好了，有什么困难和颜姐说说。"

一想到自己的困难，一想到自己所剩无几的生活费，再看看面前满脸关切的颜姐，我心里没由来地有些心酸。

"说吧，跟颜姐有什么不好说的？"颜姐掰开我的手，把水杯塞在我手里，还拍了拍我的手，完全一个温柔的姐姐。

"我想住到公司来，但是不知道员工宿舍还有没有，不好意思和经理提。"思量再三，我挑了一个最轻的心事。

"这好办，应该有空铺位的，我去跟敖希说，你坐这儿等着我。"颜姐快人快语，听我说完就站了起来。

"别，颜姐，还是我自己去吧。"我觉得这种事情让别人去说不好，再说了我连这点困难都解决不了，我怎么在这里待下去？

"那我陪你去。"颜姐的性格果然很爽快，这一点又不像南

方女孩子了，倒像北方女人。

　　我刚想拒绝，却见颜姐又突然一脸认真地坐下："张扬，为什么要回来住？杨大楼说什么了？"

　　"没有没有。"我赶紧否认，"我要回来是我的原因，杨大哥对我很好的。颜姐你别乱猜了，我现在就去敖希经理办公室申请宿舍。"

　　为了避免颜姐乱猜，我逃似的离开小会议室，一头扎进经理的办公室。

　　敖希不是很忙，正在看一个文件。听了我的要求之后很快就通知后勤帮我安排了宿舍，不过他到底是经理，也是男人，一点都没有过问我为什么又要住回来的事情。这让我非常感激。

　　其实杨大楼对我挺好的，我在那里住得也很舒服，可是唯一不足的是那里位于关外（深圳市区以外），每天我上班来回要6块钱的公交车费，这本不算什么钱，可是我现在实在是手头拮据，省一点是一点。况且住公司，早上也能晚点起床。

　　想来有点可笑，以前在家或者在济南，我什么时候为了省几块车费而绞尽脑汁？一直以来都觉得自己有能力改变这个世界，所以我敢对兄弟们夸下"五年内成功"的海口。可是十几岁的我们一直都处在一种很尴尬的境地中：一方面我们生理上渐渐地发育完全，另一方面心理上却没有跟随上生理发育的速度，而这必然会导致我们成长中思想的失衡，在这矛盾的争斗中，我们不善也不屑与家长沟通，只是通过现在看起来有些幼稚的方法来解决

自己成长中所遇到的问题。例如高考，例如爱情，再例如我这次来深圳，这也只不过是一时气盛，觉得没有什么了不起，以为可以凭自己的一双手在这里留下自己的辉煌。但现在我终于明白过来，这个世界并不是我原来想象中的那么简单，不管在哪里，不管做什么工作，人，都只是这个广阔世界中渺小的一部分。

不过人既然是一点点长大的，也就注定会为成长付出代价。就算时间让我再得到或者再失去些什么，我觉得都是些很自然的事情了。这就是成长的痛楚，青春的祭奠。

上午快十一点的时候，葛辉给我发来短消息，告诉我说高中同学正在聚会，还告诉我强子恢复得很好，让我不必挂念。

看着短信，我心里又是一阵酸楚。都整整一年了，告别我的高中时代也有一年的时间了，不知道大家现在是什么样子了，虽然我一直都是同学聚会最积极的策划者和响应者，但现在真正到聚首的时候了，我却在远离故乡七千里之外的南国。天知道我多想回去，现在就回去，看一看我的兄弟，看一看我的老师。

我给葛辉回短信息，让他一定要转告每位到场的老师和同学，张扬想念大家。本想再说些什么，可是一时之间，我竟然不知道说什么好。葛辉回道：安心工作，你已经比我们领先了，可惜你在深圳我不在中山，不然我一定每周过去看你。

突然间心里暖暖的，我知道在深圳是不讲什么同学朋友感情的，或许你会拥有一百个朋友，但不会有一个知己，更不要说我们眼中的兄弟了。在我眼中，朋友和兄弟是有区别的，兄弟是需

要不顾一切不计回报的，而朋友则不是。或许颜姐他们对我的关心已经比对别人多得多，可是这里还是号称情感沙漠的深圳，这里还是一切都习惯埋藏在心深处的深圳。

我在这里，我和老同学们说什么呢？还是什么都不说吧。

下午下班的时候，敫希让我带上东西和同事一起去宿舍。路上那个同事就对我说："我们这里条件挺苦的，不知道你能不能适应。"我笑着说没关系，因为我现在已经没有了选择，我也不会放弃不能选择的深圳，那么我就做好了吃苦的准备。

一进门，我就小小地被震惊了一下。一只蟑螂明目张胆地在我的脚下快速爬过，然后爬上了那张我即将要睡的床。

没有想到这里的条件比我想象的还要差，虽然是在关内，可是住宿条件比关外还要糟糕。不过还好，还有床，即使它再破，爬满了蟑螂，也比睡地板强啊。赶走床上的蟑螂，随手在床板上铺了张凉席，我在心里大声宣布，这里就是我的新窝啦！

我不怕生活的艰苦，因为我是来追求梦想和成功的。我也不怕蟑螂，因为我是张扬。

"何意百炼钢，终成绕指柔。"我明白在这里的每一天都在改变着我的生命，再推动着我向那个光明的未来前行。"心如止水则无坚不摧，厚德载物则无事不成"，我明白的。

吃过晚饭，我一个人来到灯火通明的街头，一边走，一边给简单发短信。我跟她说，我走在深圳最繁华的商业圈，看着灯火璀璨的城市，最想念的是和她牵手走过的那条林荫小道。我跟她

说我现在很好，每天认真工作努力成长，我跟她说我有一天会成长成她心目中最成功的男人，我跟她说了好多好多我美丽的梦想。

我没跟她说我去中英街给她买了许多东西，也没跟她说我要节省着过日子，用20包方便面，一箱饼干和15小包黑芝麻糊还有十个蛋黄派坚持至少十五天。我没跟她说，我在过着苦日子，却因为有她的想念，我很快乐。

因为我知道，简单会哭的。

此时的我，正在经历人生的蜕变，正给我的青春留下最美丽的烙印，我在心里对过去的张扬说再见，我在心里呵护我的简单，不再让她流泪是我作为男人首要的功课。

借用《悟空传》里的唐僧的话就是：我要这深圳的天，再遮不住我眼；我要这深圳的地，再埋不了我心；我要这深圳的众生，都明白我意；我要这深圳的诸佛，都烟消云散！

临睡前，我在黑暗中画出简单的笑容，默默告诉她，我张扬，再不会失败。

第六章　胜者为王

❖1❖

不得不承认，有时候，想象是和现实有距离的。也不得不记录下来，这一天是我来深圳之后最倒霉的一天。

早上约了一个宝安区客户面谈网络实名注册的业务，我心情振奋，这意味着很有可能，我又要谈成一单了。

和杨大楼兴致勃勃地坐了将近两个小时到宝安区公明镇，下车的时候我跟杨大楼说："要是这单签下来，拿到提成我就请你吃饭，报答你收留我的大恩大德！"

杨大楼嘿嘿一乐，边找着门牌号码边道要敲我什么竹杠。其实大楼知道我不住他那里的原因，不过他什么都没有说。不是杨大楼不够哥们，这就深圳的朋友，他不会多说一句，但是他会尊重你最好的选择。

在一个不大的写字楼里找到了和我们约好的张先生，结果不知道是因为他们公司规模小还是有别的原因，那位张先生竟然要求看到制作好的模版网页之后才肯付款。

我顿时傻了眼，我从来没有碰到过这样的情况。其实，我也没机会遇到这样的情况，这才是我谈的第二笔单子啊！还好，我还有杨大楼。

"张先生，你看，我们合同都带来了，您先看看合同条款，至于模版网页我们有很多案例，您也可以在我们公司网站上看到。"杨大楼不愧是老业务员，应对自如。

"可是我要看到我们自己公司的网页效果图。"张先生的态度很坚决。

我看了看张先生和杨大楼，感觉这次的单子可能不会成功。杨大楼听了张先生的话，还试图劝说什么。可是张先生已经站起来了，"我希望能看到模版之后再签合同，要不，你们以后再来一趟吧。"话说得很有余地，但是我们都明白，这单子是没有什么希望了。

再来一次？当这是公款旅游啊？且不说时间耗不起，光车费就三十块，等于我从济南到长清一次了。况且谈不成，公司又不会给报销车费，就算是把这张单签下来，我们花的车费也比公司给的提成多了。

去的时候两人兴高采烈，回来的时候我和杨大楼都懒洋洋地不愿意说话。杨大楼还好，毕竟是老员工，承受的失败也多，所以还尝试着安慰我。可我却提不起精神来，车窗外下起绵绵细雨，让我觉得昏昏沉沉的，有想呕吐的感觉。

"张扬，你是不是晕车啊？"杨大楼看我脸色很难看，伸手还摸了摸我的额头。

　　我摇摇头，连话都不想说，我只是觉得浑身发冷。

　　"那是不是病了？"杨大楼关心地问。

　　"病？"我苦道，"我还没有在深圳得病的勇气。"杨大楼也笑了笑，那笑容很牵强也很苦涩。

　　俗话说，祸不单行，屋漏偏逢连夜雨。公交到梅林边防检查站停了下来，当荷枪实弹的武警上车检查的时候我才发现边防证忘在公司里了。

　　没有到过深圳的人是不会明白这张小小的卡片在深圳人生活中所起的巨大作用，深圳的边检站设立之初的目的是为了保护特区的经济建设以及缓和偷渡香港的压力，这道小小的边检站在一定程度上极大地满足了深圳人的虚荣心，给了许多所谓的关内人更多的安全感。尽管有调查发现关内关外的发案率并无明显的差别，但是同样是这道边检站，伤透了更多人的心，它曾经让多少往来深圳的人士英雄气短。不管你是科技精英，还是商业巨子，更不管你是想来深圳考察投资还是关内大小企业的重要客户，只要没有携带身份证和边防证，哪怕你有天大的事情要办，铁面无私的边防战士都会毫不留情地坚持着他的职责。

　　深圳就这样以前所未有的倨傲姿态审视每一个进入其领地的人，没有任何商量的余地。

　　后来得知，在我离开深圳后不久，深圳宣布取消边防证和关检，我有幸成为最后一批时代的见证者，不知道是幸运还是不幸。

　　当我发现没有带边防证的时候，铁面无私的武警，就请我

下车了。没有办法，我只能一个人下车，去杨大楼的房子里过夜了。杨大楼有边防证当然可以回公司，可是我不行，想敖希也会理解我的难处，不会给我记旷工。

我一个人孤独地走在飘雨的街头，感觉越来越冷。为了取暖，我一路小跑。可是小跑让我很不舒服，强忍着不适回到住处，还没坐下就开始恶心并呕吐，头也疼得厉害。也许是休息不好，也许是这几天吃的方便面太多，也许是被雨激了，我的嗓子也开始沙哑，开始疼痛。

自己一个人躺在冰冷的床上，第一次感觉到孤独和凄凉浸满全身。

以前哥们说我冷漠的时候可以撕开血淋漓的胸膛然后面无表情地数清肋骨上的裂缝，当时把这话当成赞赏还一度沾沾自喜，觉得特有男子气概。而现在，我却像一只受伤的小鹿一样蜷缩在角落，独自舔着流血的伤口。

孤独是一种境界，寂寞是一种体味，而孤独的寂寞最让人难以忍受。来深圳这些天我早已经忘记疼痛和悲伤的滋味，每天都麻木地穿梭在高大的钢筋水泥建筑物之间，偶尔也会安静地看着天空，看着天边飘过的浮云，慨叹世事的沧桑和世事的悲凉。可是我还是会被突如其来的孤独击倒，瞬间被俘。

头很晕，躺在床上看着屋顶，有一种很奇怪的感觉，仿佛是整个人躺在水底，睁着眼睛。往昔记忆的碎片黄叶落花似的从眼前略过，忧伤快乐如偶尔一根纠缠不清的水草伴着鱼群穿过。水

凉凉的，几道黄昏的余晖泻下，透过淡蓝的水面，照得眼睛里一片金黄。而自己的身体仍然顺流而下，不知所往。

忧伤或者快乐早已过去，我站起身来，到岸上，穿好漂亮的衣服，继续走自己的路。水上还是水下，都是美丽的风景，窗外则是黑沉沉的夜和遮天盖地的雨。在我看来深圳像一叶孤独的小船，正在雨和夜的海洋里飘摇，颤抖，渐渐倾覆。

深圳是个非常美丽的城市，可是这里隐隐含着一股煞气和孤独，我愈加地想念故乡，想念父母，想念简单。我知道故乡的天空是不会和这里一样寒冰刺骨，我知道故乡的安详和平静在我心中是不会改变的。

深圳的大街车来车往，而我却郁郁而行。我已经开始慢慢学会独立，虽然我也知道它的代价是多么惨重。我已经开始学会一个人舔舐伤口，虽然我知道我是青春祭坛上的一个倒影。

"寒冰不能断流水，枯木也能再逢春。"在深圳的这些天虽然我早已经忘记疼痛和悲伤的滋味，但我终究还是会要回到属于我自己生活的。我知道，简单在一个转身的距离等着我，而我的父母和兄弟，在温暖的家乡等着我。

生命原本脆弱，我们只是在生活的逼迫下选择坚强。一滴眼泪从我的脸庞滑落，整个心开始沦陷。

❖2❖

病痛的感觉仍然没有好转的迹象，鼻子也开始难受起来。

深圳流传流感，我也终于没有逃脱。但是我不能去买药或者去医院，在这里一个感冒至少要花500块，可是我连吃饭的钱都快没有了，怎么能再把钱花在这上面。

在人来人往嘈杂繁忙的办公室里，我躲在角落里拼命地喝水，借以压住嗓子的火热和干燥。偶尔闲下来的时候，一边努力克制着伤痛，一边问自己到底为什么来深圳受这种苦？是在逃避简单问我的那几个问题，还是在逃避受伤的强子？我不知道答案。

整个上午我都在昏昏沉沉中度过，不能请假，不能休息。面对同事，我强迫自己笑得自然，不露病容。面对电话客户，我努力让声音保持磁性和穿透力，因为他们是我的衣食父母，是我业绩的关键。

这就是深圳，危险而华美的城市，一只倒覆之碗，一朵被毒蛇缠身但是开满绚丽颜色之花，让我欲罢不能。

好不容易熬过了上午，大家都去吃饭了。只有我整个人都像垮掉一样瘫坐在座位上，摆手谢过同事给我买饭的好意，我只想好好休息一会儿。

忽然感觉到嗓子里酸酸痒痒的，有点想吐的感觉。我一路小跑到洗手间，剧烈的咳嗽和呕吐之后是无休止的头晕。我靠在洗手台上，想用冷水泼脸让自己好受一点，低下头，眼前的一幕还是把我吓呆了。

我看见我吐出的分明是斑斑血丝，我一下子子愣在原地，点点的血丝喷在华丽的洗手间光滑明亮的瓷砖上面，画出凄美的线条。

　　我用手支撑住身体，强忍住眩晕，用凉水漱了一下口。抬头看了一下，镜子中的男孩脸色苍白，眼睛里流露出的分明是空洞和神伤。这是我么？也不知道，远方的妈妈和简单看到我现在这个样子，会是什么感受……

　　不过现在，只有我自己。看着镜子里的自己，我道："你啊，当初究竟是为何才出发呢？"

　　不断地调整着笑容，直到露出和平时一样最自然最和善的微笑，我才从洗手间出来。

　　太极拳谱里不是有一句话吗？"他强由他强，清风拂山冈。他横由他横，明月照大江。"病菌要来，就来吧！

　　才拐进办公室，杨大楼就拦住了我，什么都没说，递给我一盒药。

　　我愣了一下，眼眶湿润了。我发现自己我来到深圳，和女人一样，时不时会眼眶湿润，承受不住眼泪。

　　"别跟娘们儿似的，快去吃药，饭在你桌上，吃完药把饭吃了。"杨大楼丢下几句话，就走开了。

　　我打开饭盒，鸡腿静静地躺在那里，我的眼泪汹涌而至。

　　快下班的时候，手机传来短信。打开一看，还是杨大楼，"下班一起逛街，带你去吃饭。"我一阵感动，本想拒绝，可是一抬头，看到杨大楼在远远地瞪着我，一副不可以拒绝的样子。我低头使劲儿眨了下眼，再抬起头，给了他一个微笑，用力地点头。

　　杨大楼带我去喝了鸡汤，一边吃饭，一边婆婆妈妈地叫我吃

这吃那，把我当成小孩子。我很想抗议我已经20了，可惜，在杨大楼这个成熟男人面前，我就是一个无助的孩子吧。

"多吃点，这里的菜不错，还有啊，这里的米饭是无限量续碗的，你别吃不饱。"杨大楼故意"小声地"关照我，让我哭笑不得。

吃完饭，杨大楼还和我去逛了逛五星大厦。我东张西望，天啊，真的跟小说里描述的一样：一件范思哲衬衫8700元，一支15毫升的SKⅡ眼霜820元——我就像刘姥姥进了大观园。

刚想发表我的惊叹，就被杨大楼用潇洒的手势制止了，"不要瞪眼睛，这还是给穷人用的。那边的国贸，一套阿玛尼女装6万港币，一张高尔夫俱乐部的会员卡，说起来不贵，9万块，但人家收的是美金。一块卡地亚名表，算了，不说了，就是不吃不喝几辈子咱也买不起！"杨大楼说完，狠狠地甩了下西装袖子，"照这样下去，我非打一辈子光棍不可。"

我哑然失笑，确实是这样，这个社会没有钱不光娶不了老婆，还买不了房子。总之一句话，深圳是有钱人的天堂，穷人的地狱。

"我跟你说张扬，这里还不算什么，罗湖区有个人跟老婆闹离婚，分家产时两个人吵得口舌生疮，其人大怒，摧心一掌，打得老婆跌落尘埃。其老婆虎啸一声，正待疯狂反击，听见老公咬着牙说：'好，我再给你加一点，行了吧！'张扬，你猜，这一加，加了多少？"

我茫然地摇摇头，这里的钱，都不是钱吗？

"五千万！！！这一巴掌值五千万。"杨大楼咬牙切齿地说。

"这么多土豪，那这里的人都开什么车啊？这么有钱还不都得奔驰宝马啊？"我真的吃惊不小。

杨大楼喝了口咖啡，继续说："奔驰S600差不多算是最豪华的车了吧？据说还是在九八年七月中旬的时候，有个潮州人开了一辆在深南大道上兜风，不小心跟另外一辆路虎轻微碰撞了一下，交警赶过来盘问不休，潮州人听得不耐烦了，击车长啸：'这车老子不要了！'不是说大话，一年之后那辆车还待在停车场里，轮胎上长蘑菇，真皮座椅里住了一窝耗子。"

我瞪大眼睛，想象着那轮胎长蘑菇，座椅里养耗子的奔驰车，半晌没说话。

不过我知道，这不算奢侈。在深圳，还有更奢侈的东西，那就是"爱情"。

我身边的同事几乎都没有结婚，至于原因，忙碌的压力之下谁还有心情谈情说爱？

环顾着光怪陆离的世界，我庆幸自己还要回去，我更庆幸自己还有父母兄弟和简单。

深圳是情感沙漠，而我注定当不了骆驼。

❖3❖

也许是昨天晚上吃的鸡汤起了作用，出了一晚上的汗之后，

今天身体感觉终于好一些了，头也没有那么疼了。虽然还有一点鼻塞，但是已经没有大碍。

可是，好像我遭受的磨难还没结束。

中午快下班的时候，我本来还准备和杨大楼一起出去奢侈一次：吃盒饭。没想到客服经理郭媛媛带来一个令我很不爽的消息：公司男生宿舍要搬到关外去，安全起见女生全部撤到关内。

在这里普及一下经济特区的行政划分，至少在我那年在深圳的时候，整个深圳是由关内和关外两部分组成。"关内"包括罗湖区、福田区、南山区、盐田区，"关外"包括宝安区、龙岗区、坪山新区和光明新区。关内外发展还是有一定差距的，从城市的建成区面貌、市政管理、繁华程度、消费水平、收入水平、房地产价格、治安状况等方面来看，关内都明显好于、高于关外。另外，由于关内基本完成产业转移，劳动密集型企业多在关外，而关内集中发展高科技产业和商业贸易。

关主要是指的是关口，深圳的关口现在还有很多，当然现在检查的含义少了，更多的只是象征意义，比较有名的像南头关，同乐关，梅林关等。

收到这个通知我顿时就愣住了，杨大楼看我站在门口不走，回头看了我一眼。我不想让他看出我的不自在，就赶紧想跟上去。可是一想到又要去关外，我又站住了。

"杨大哥，你先去。我还有点事情要忙，等下再去。"我强

颜欢笑着。

也不知道杨大楼有没有意识到我的不自在，他笑了一下就出去了。而我什么也没有心情吃了，回到办公桌前坐下，随手拿出一张纸，在上面乱涂乱画，计划着我今后的生活费。

我并不是嫌麻烦，赶来赶去或者睡眠不足，都不要紧。那时的关内关外没有直达的公交或者轻轨线路，只有私人线8路往返，我们称之为黑8，我现在没有领到工资，每天来回六块的车费我承受不起啊。

但是有什么办法？公司做的决定，只有服从，没有任何还价的余地。除了学会沉默和点头，我能做什么？这是我在学校永远也学不到的。

下午下班的时候，大家都一起去搬家。可是这个时候，又出了一点小差错，让我昨天对深圳人挥金如土的印象来了个急转弯的改变。

下班之前，同事晏惠云联系的搬家公司，谁知道他不了解行情，对方开价要一百三，他就同意了。

下班的时候，客服经理郭媛媛和我们一起去搬家，来了以后一打听，人家只要六十块就给全部搬走。虽然这笔费用是公司报销，但是媛媛还是据理力争，看着媛媛瘦弱的背影和谈判时成熟的心态，我真的很敬佩她。

她只有二十一岁啊，比我大一岁而已，可是她的双肩承担着与她的年龄绝不对称的压力。不过深圳的高科技公司都是年轻人

在执掌乾坤，我们公司员工平均年龄也不过二十三四岁。可是在内地，很多独生子女在这个年龄恐怕还没有离开父母的视线。而深圳的他们却已经在异乡为自己生命中最美丽的季节演绎着最美丽的章节。

"郭经理好厉害。"我不由自主地感叹。

"是啊，在我们公司论坛上所有的员工投票她是最有气质的女人呢。"站在我身边的女同事也忍不住赞扬道。

我在心里叹服，果然是人不可貌相，这样一个瘦弱的女孩子，却有着超强的适应能力。很快他们就谈好了，果然是以六十块的价格搬走了全部东西。可惜的是，搬家公司只能带走两个人。所以很多同事都打算晚一点回家，而我也不想放弃这个和同事一起逛街的机会，来到这里这么久了，除了去国贸和地王大厦，我还没有好好看看这个美丽的城市呢。

深圳的确很美丽，在最繁华的华强北路上，我仰望着这个美丽的夜明珠。深夜的深圳没有一丝睡意，同事说这里的夜生活11点之后才算开始，不过还没到十点，整个城市就开始出现亢奋状态。

可是我看到繁华背后隐藏着更多的是荒凉和丑恶，也许我还是一个小小的"愤青"，也许我待的学校还是很纯净的，以至于我对这个美丽的城市感觉到难过。

❖4❖

不知道搬家那天累出了汗还是什么原因，今天感冒的症状又

开始明显起来，并且出现发烧的感觉。喝了很多水可是嘴角还是干燥。眼睛也有火辣辣的疼痛感。有的时候看到桌子上的文件都是模糊的。眼前只是白茫茫的一片。

我使劲儿拍了拍脑袋，强迫自己清醒一点。站起来想去接杯水，刚走到格子间外面，杨大楼拦住我："张扬，你怎么了，你在流鼻血！"

我下意识地往鼻子上一抹，满手是血，赶紧跑到洗手间拼命地用凉水刺激已经有些麻木的脸庞，好歹有些清醒。杨大楼追进来，看着镜子里我苍白的脸，问我要不要帮我去请假。我故作轻松地笑笑，摆摆手说："没事，可能是流感的原因，公司里很多人都感冒了。我更没关系了。"

我和他们不一样，我要挺过去。

我出门就碰到迎面而来的敖希，怀里抱着一大沓资料，我接过敖希手里的资料，本以为是客户的资料，还以为我们又要开拓业务。看了最上面的一张，我才知道，这一叠都是简历。

最近业务的扩大使人手显得有些紧张，于是上午公司去人才市场招人了。手中简历上都贴有照片，照片上的脸庞因为年轻而生动飞扬，有很多都是应届重点本科的毕业生，也有很多有在深圳工作了很久有工作经验的。这一点公司最喜欢，想想看，一个应届毕业的大学生到岗位之后，公司还要花费人力、物力、精力去培养，等到好不容易可以独当一面的时候，万一对方又一走了之，那公司岂不是赔了夫人又折兵？

这不是不讲人情，这种事情又不是发生过一次两次了。况且在深圳这个什么都讲究速度的社会，这肯定是不能忍受的。不过还好，等我毕业的时候，我可以在人才市场对用人单位自豪地说自己在大学的时候就已经在深圳积累了宝贵的工作经验。

中午吃饭的时候，我缠着敖希给我讲有关于面试的事情，敖希也好像很喜欢我多问一些问题。他详细地把很多面试的技巧和招聘单位对应聘者的要求都一一告诉了我。例如面对考官时说话的方式，语气，甚至衣着，对于一些很难回答问题的处理等等。使我获益匪浅，在大一就在就业经验上迈出了重要的一步。

下午的时候，简历获得通过的应聘者开始陆续来到公司，领取考题，等待商务一部经理唐艳红和我们二部经理敖希的面试。

我到设计部拿资料的时候看到有两个年轻人正在总台领取考题，而会议室外的人更多。看到这些为了理想而离开故乡来到深圳的勇士，真的希望他们能够被红姐和希哥录取。可是他们又是脆弱的，只能留下七个。现实就是这样残酷，他们其中有的人也许已经在深圳没有工作很久了，也许有的人明天就要交房租，也许有的人虽然学历不够可是一定会干得很出色。没有办法，深圳不相信也许。

物竞天择，适者生存。群雄逐鹿，唯有能者而居之。你如果不合格，只有被淘汰出局，这就是深圳的游戏规则。没有任何人可以违反。

记住该记住的，忘记该忘记的；改变能改变的，接受不能改

变的，是我在深圳学会的又一个道理。

❖ 5 ❖

今天的天气不错，风和日丽。

身体还是老样子，不过由于又签了一个单，我的精神状态倒是好了许多。这个客户我跟了足足有十天，今天终于定了下来，我自然有些许得意。

深圳赛纳斯鞋业有限公司，是做安全鞋的，要在华强北路坐9路公交到清水河仓库下车，不同的是这一次是我一个人去的。我想自己可以单飞了，就不需要被别人庇护在翅膀之下了。对方经理姓丁，长得胖乎乎的，一看就蛮实在的一个商人。业务谈得很顺利，只用了半个多小时就把合同签下了。虽然款数也不是很多，只有5000块，所获成就感也没有第一次时那么大了。

不过签单还是值得高兴的事情，回来的时候敖希又一次表扬了我，让我心里更加兴奋。其实我也知道我们公司主要是以网站建设为主，网络推广只是辅助产品，我现在只想再做次网站产品，干上一票大的就可以退休了。用敖希的话就是做推广我只能坐火车回家，而做网站我就可以坐飞机回家。

在回来的公交上，我对自己说，张扬，只要你足够努力，波音的头等舱就有你的座位！

今天是新员工来公司参加面试的最后一天了，我回到公司的时候，在门口看到了许多失落的面孔，也有很多是一脸自信的。

虽然他们都还不知道自己到底有没有被录取，但是凭感觉，也能估计个大概。

面试是淘汰率最高的考试，只有十分之一的人可以幸运地留下。

为了感受下面试的场面，卜午的时候，我向敖希申请之后，终于坐进会议室，也体验一下面试的滋味。

一个大一的学生要面对那么多名牌或重点大学的毕业生，压力还是有的，不过想想现在是考别人，他们的前途和命运在我们手中掌握，这种感觉，除了一种居高临下的酸爽，更多的却是一种责任所带来的压力。

当然艳红姐和敖希负责面试，我只是在一边观看。不过我感觉他们问问题的时候有些问题其实是很尖锐和难以回答的。我不禁有些暗自窃喜，还好我没有坐在被拷问的位置上，也庆幸自己有这样一个机会，以一个局外人的身份感受了一次真正意义上的公司面试。

我发现应聘者在面试的时候最容易犯的错误往往就是找不到谈话的重点或者是忘记自己的身份，只顾自己夸夸其谈而忘记是谁在决定谁的命运。下午来了大约十几个人，但是感觉还可以的只有两三个。面试完之后我问艳红姐面试的时候什么最重要，她说是应聘者的谈吐这是最重要的，因为你要和客户打交道，言谈举止之间的细节都会是你成功或者失败的关键。而敖希也说作为考官自己问的问题其实也没有什么针对性，只是在考察对方的反

应能力和应变速度。

经过一个下午，使我感觉自己又有了长足的进步。做一次面试考官，对我而言这是一个很好的机遇。至少在这一方面我比同龄的孩子多了一次近距离接触社会的机会，而这种机遇并不是人人都有的。

晚上大楼又请我吃饭，不过这次并不是鸡汤。来深圳这么久了，总吃大米都快忘记了面是什么滋味。所以晚上我们在面点王吃面条。这里真不愧是深圳，北方人常吃的馒头在这里居然只要超市才有的卖，价钱贵得吓人不说，个头儿也就只有北方的一半吧。

我发现南方人的食量小得有些可怕了，这在北方是要饿死人的。不过还好在深圳吃快餐时米饭是免费的，可以随便加。还记得上次我一连加了三次米饭，弄得那老板想吐血的样子。说实话，我真够了，吃饭吃不饱，言语也不通！不过唯一值得高兴的是我开始慢慢地长大了。

因为来之前的时候我觉得我需要很多人的爱，现在我却知道很多人需要我的爱。

阳光很温暖，我的眼神很清澈。简单，你知道吗？我开始懂得爱了。

❖6❖

依靠意志的坚强，我终于把流感征服了，总算感觉身体开始慢慢好了起来。今天是新员工培训的第一天，经过好几次考验最

终被公司留下的十个人开始在敖希和李浪的指导下学习业务理论知识。培训要三天的时间，下个星期一他们就要正式工作了。商务部的压力又大了很多，谁都知道，新人的热情是最大的。

上午很郁闷，因为我丢单了。

有个空调公司有意向做网络推广，这个客户我跟了将近两个星期了，说好这个月中旬联系。结果只三天没有打电话，今天一谈，人家已经和别的公司谈妥了。前天签下的单。我的肠子都悔青了，5000块啊！只是三天没有联系，就这么飞了。

看到我一副落魄的样子，敖希特地还对我进行了一番鼓励，他说："做业务的没有丢过单就不算真正的业务员。这是好事情，不丢单你是不会记住教训的。深圳是个讲究效率和速度的社会，你必须紧跟它的节奏，不然就会失去机会。"

我连连点头，是啊，很多事情发生了就不要后悔。吸取教训才是最重要的，至于悔恨只是浪费时间而已。

中午的时候，深圳忽然下起大雨。我本想在对着大雨发会儿呆，可是一想到丢单那件事，我心里就有说不出的懊恼，于是放下水杯，走回到桌子前，再次给一些沟通得很好的客户联系。果然，"成功一点需要你坚持到最后一秒"，我有一个跟了很久的客户终于肯面谈了。我心里不禁一阵激动，这个客户是想更改英文版网站，这可是条大鱼，如果被我钓到估计我就可以退休了。

我赶紧跑去敲敖希的门，"经理，嘉达实业愿意和我们见面谈了！"看着我的满脸兴奋，敖希也很高兴，毕竟这个是个大单

子，只可惜敖希感冒得厉害，不能陪我。

最后我和欧阳一起坐212路公交到了福华路，在车上，我们又详细看了一下客户的资料，这个客户是做空调生意的，据说会派人和我们谈。

一起到了文蔚大厦五楼，对方果然派了个人和我们谈。是一个高级工程师，戴着一副金丝眼镜，一看就是做研究工作的。

这种重要的项目，当然是欧阳和他谈，我在一边做辅助工作。我们解释了很多他关心的问题之后，现场演示了我们公司自主开发的产品数据库。这就是深圳的特点，也许一个老板，一个企业会拥有很多资产，千万甚至上亿，但是他们对几千甚至几百块的投入都会很认真地研究。如果觉得会带来效益，收回成本，那么一切都好说。但是有一点点疑问，那是绝对不被允许的。最后，对方显然对价钱还是不太满意，说要再考虑考虑。其实不要看深圳人有钱，他们是很"抠门"的。但正是这种"抠门"使他们在事业上取得了骄人的成绩。

就好像香港澳门那些大赌场里，一掷千金而面不改色的基本上全是煤老板，真正的深圳或者珠海的老板是不会光临那些地方的。并不是深圳老板没有钱，在这里拿石头随便一扔就可能砸到一个千万富翁，只是深圳人知道钱该怎么花，没有收益的买卖不可以做，这也是全国老板所需要学习的。

没有办法，人家说考虑，我们就只能回来了。做业务员真的很不容易，但是这又是一个最能锻炼人的职业。我想我回去之后

也不后悔，我在这里做了一年的业务员。

广东电视台报道说深圳的业务员超过六十五万，是广州市的九倍多，济南的二十倍多。姑且不去考虑消息的真实性，但是可以肯定的是深圳的业务员的确在全国都是最多的，而深圳大部分白手起家的老板很多都是从做业务开始起步的。激情、技巧、谈吐、文化甚至着装品位都是做一个成功业务员所必须具备的条件。

在这里，年轻的我慢慢开始了我的人生和人性的进步。

❖7❖

来深圳这么久，除了做单，还是做单，我似乎还是和这个城市格格不入。不过中午的时候，我做了件让自己融入这个城市的事情。

我在深圳市红十字会华强北路站捐献了400毫升血液。当鲜血从我体内抽出的一瞬间，我感觉自己特别光荣。想想看，用我的血可以挽救一个人的生命是多么值得骄傲的事情。化验的时候，我的血型是A型，这是个追求完美的血型啊，我想我要把我的生命也刻画得更加完美一些，而十九岁的我肯定是我今生最得意之作。

因为是第一次献血，感觉还是有点不适应，头很沉，老是想睡觉。医生说这是正常反应，喝一点牛奶就好了。结果我被强迫灌下三包牛奶，总算好一些了，当我看到献血证上写的话："今天您的义举，深圳人民永志难忘的时候。"我真想再捐400毫升！随献血证一起还给了我两张明信片，我回来之后先是放在手里把

玩了一会，因为这个是我在这里做好事的证明。

　　仔细地盘算了一回，我还是决定把它们都送出去。写好留言寄回了故乡，一张给妈妈，一张给简单。无论你们离我多远，都只是一个转身的距离！

　　下午下班的时候，我还是哈欠连天。艳红姐看到我萎靡不振的样子，关切地问："张扬你怎么了？"我把献血证给她看，还是很骄傲地笑着。她很吃惊，问："你为什么献400毫升？"因为献血一般都是200毫升。

　　"嘿嘿，俺是山东人吗！"我故作豪迈地笑，艳红姐点着我的额头，直说我傻。

　　看我显得很虚弱，艳红姐不由分说就拉我去百佳购物广场，说要给我补一补身子。真的是好感动，虽然来深圳时间不长，但是有这么多同事关心我，好开心啊！就在公司，就在深圳使我看到人性的另一面：光辉或者黯淡。

　　回家的路上，我还在为我是山东人而沾沾自喜。可是，艳红姐却告诉我，其实山东人在深圳是很失败的。我很惊讶道："难道深圳人还是很歧视外地人吗？"

　　"你错了，张扬。这并不是地缘歧视，来了这些天，你也该明白，南北人的观念、做法、行为相差实在是太大了。像我们这种年龄在南方早就应该是独立生活了，谁还有脸面待在家里？当然了，上学的孩子是例外。"艳红姐幽幽地说。

　　我点点头，看向车窗外。前阵子，我在广州亲眼看见那些只

有七八岁的孩子在放学后推着小车沿街卖菜。他们并不是没有钱交学费，而是觉得自己有能力养活自己了。这放在内地简直是不可思议的。不过深圳有一个好处，就是在这里可以激发你的上进心，不甘人后。因为你落后就要被淘汰，所以你没得选择。

晚上在艳红姐家里吃的饭，七个菜一个汤真是丰盛！还是艳红姐好，这下可以把营养补回来了。来到深圳，除了在艳红姐家可以吃饱饭外好像没在哪里吃饱过。不知是应该怪自己饭量大还是该埋怨深圳的物价高，唉！

我总是躲在梦与季节的深处，听花与黑夜唱尽梦魇唱尽繁华，唱断记忆的来路；我总是爱蹲下来，看地上时光的痕迹，像一行一行的蚂蚁，穿越我的记忆。

如果记忆如钢铁般坚固，我该微笑，还是哭泣？

如果钢铁如记忆般腐蚀，那这是欢城，还是废墟？

如果说来深圳是我生命中最幸福的劫难，那么遇到这么多好同事则是我最美丽的意外。

如果四十年后有人再对我提起年轻时的这段经历，我想你们的脸庞依旧会和今天一样生动飞扬；如果再没有人再给我提起我二十岁的最后在深圳的蜕变，你们也会永远埋藏在我的记忆深处。

❖8❖

十三号恰逢是星期五，《圣经》上说的黑色星期五。因为这天基督耶稣被犹大出卖，死于十字架上。每个月的十三号如果是

星期五，则诸事不利。可是下午的时候，天气闷得厉害，坐在空调房里，吹着冷气仍旧感觉非常不舒服。

正好杨大楼要出去见客户，于是我思量半天还是决定做回跟屁虫。到了布吉镇才知道客户是个做印章的。这可是个暴利行业，一个印章的成本不过几毛钱，一转手就是几十块上百块，比脑白金的利润都高。可今天见的这位张老板却黑得要死，一万五的单要我们打到七折。要是打七折，提成全没了，我们这些业务员喝西北风啊？

张老板靠印章起价，如今身家千万。深圳的确是一个缔造富豪的地方。但这里的两极分化相信在全国也是最严重的。

❖ 9 ❖

忙碌了一周，终于等到了周末，我来深圳以后最快乐的一天！之所以这么说是因为我终于可以放下工作的重负好好地休息一下了！每天被工作包围着的我觉得自己像一只螺丝，被安插在一个小小的角落，我不能动不能叫喊，只有慢慢地等待，等待生锈。我是个骨子里都渴望自由的人，可是在这座繁忙的城市里，我却不再拥有自己。唯有将自己投入自然中的那一刻才会感到真正的放松，好不容易昨天在网上和杨明照约好今天去南澳海边的，怎么能不激动？

上午起了个大早，坐上通往关内的336路公交到了杨明照住的地方。一起吃了顿早餐就出发了，因为南澳离深圳有60多公里

远，所以不但时间要两个多小时，车票也贵得吓人，每个人要16块。不过因为路途上要经过的地方的景色都是非常美丽的，所以还算是物超所值的。

车过梧桐山隧道口后，我的眼睛就开始不够用了。特别是车上盐坝高速后一路沿盘山公路蜿蜒盘旋，一股凉风夹带着咸咸的海腥味迎面扑来。顿时清凉气爽，舒畅无比。干净宽敞的高速公路沿海岸而建，蜿蜒如带，右边是那浩瀚无边的大海，左边是峰峦起伏的群山，满山苍翠，目不暇接。还有路两旁的紫荆花也不甘示弱，纷纷对我们微笑着绽放。

在南澳车站下车后，我们和同路上认识的5个湖南女孩一起包了一辆面包去南澳最出名的旅游胜地——西冲海滩。又经过十几分钟的颠簸，我开始听见清脆的海浪声，于是猜想西冲应该就在附近了。

但是进入西冲后，又是一番景色，暖暖的阳光把叠叠重重的山峦和镶嵌在山峦的木屋、树木和美丽的泳装女郎一股脑儿地融合进去。放眼望去，一切都显得扑朔迷离。走下车的那一刹那，咸湿的海风扑面而来，海滩上的沙白如银玉，细若粉尘。几条渔船静静地躺在沙滩上，海浪轻轻地亲吻着洁白的细沙，碧蓝的海面和蓝天在远处相接。

西冲海滩如一弯新月降落在深圳湾的尽头，她背靠美丽的七娘山。沿着沙滩往山上走，首先是一条浓密的防风林，防风林过后分布着大大小小的鱼塘，像一块块明镜嵌在海滩上。那些稀

稀落落的渔村就在鱼塘后，七娘山的淡水汇成两股小河，绕村而过然后再汇入大海。如果不是看到一些现代化的交通工具，展现在眼前的村落，淘气的小狗和隐约传来的溪流声，还真以为到了世外桃源了。青山、白云、海天一色的蓝色好像从远远的地平线里冒出来似的。由深到浅扩散开来，这本身就是一幅浑然一体的画。长达四千米的银色细沙仿佛是为蓝色宝石镶上的一条银边。微风吹起阵阵海浪，不紧不慢地拍打着海边欢乐的人们，闭上眼睛伸开双臂任凭海风将发丝吹乱，摆脱了都市的烦嚣，走出鸟笼般的办公室，将心情放飞在着海天之中。我感觉自己像一只鸟在飞翔，也许这就是古人所说的天人合一了吧。

在买了泳裤和救生圈之后，我和杨刚迫不及待地泡到海里。和想象中不一样，海水是褐绿色的，海浪打在海滩上溅起了很多白沫，一不小心呛到嘴里，感觉又苦又涩，不过一会儿适应了就没有关系了。

玩累了就躺在沙滩上，听海浪拍打海岸的声音，呼吸海边咸咸的味道，让海风吹在脸上感觉那种清凉的感觉。我们和这海、这沙、这天、这地都已经融成了一体。往上看是湛蓝湛蓝的天空，纯净得一丝不染，白云好像是画出来的一样美丽。环绕海湾翠绿的青山默默地守护着这片美丽的景色，而偏偏深圳的天空都很低，放眼望去，好像白云环绕群山，很有点仙风道骨的味道。

走到沙滩的尽头举目望去尽是巨石林立，礁石静静地伫立着，默然凝望着远处的大海，似乎鄙视着它或坦然迎接着即将到

来的巨浪的洗礼。大家都在巨石上跳跃前进，我在行进间渐渐找到了平衡。忽而一个大浪打来，散落的水花打在身上，那种清凉的畅快无法形容。抬眼看到一块巨大的礁石横在面前，巨浪冲来被打散，水花在阳光下好似断线的珍珠个个散落。

我呆呆地看着，记忆刹那间回到故乡，忘记了行走，忘记了时间，明媚在海浪的激荡中灰飞烟灭。

杨明照过来拍拍我的肩膀，笑着说："被美景迷傻了？在这里发起呆了？"

我笑着，眼中却有着些许黯然，"简单在我身边该有多好，这里这么美丽，她看了一定会很高兴的。"

"简单？谁啊？"杨明照不知道谁是简单。

简单啊，她是……

"我的女孩！"我大声且自豪地冲着大海喊，却发现周围的人都在看我。

我有些不好意思地抬头看着杨明照，只见他笑了笑说道："你果然是学生味十足，以后再来吗，又不是没有机会。"

是啊，简单，我一定要带你来深圳，来南澳，来西冲看看。我要和你携手漫步在美丽的海滩边上，这里的风景这么漂亮，相信你一定会很高兴的。

大概快到五点的时候，我正在海里游得痛快，杨明照忽然喊我上岸。原来他和那几个湖南女孩子一起包了一艘快艇，打算一起去海里面看看，当我们换上了红色的救生衣的时候，一个叫刘

晓姗的湖南女孩说好像在泰坦尼克号上一样。大家都笑开了，只有我没有，我有些自嘲地说："杰克在穿救生衣，可是露西却在故乡……"

马达开动后，快艇如离弦之箭般冲到海里。那一刻我感觉好像飞了起来，身边女孩尖叫的分贝也已经超出了我的承受能力，杨明照大声地喊："张扬，你什么感觉啊！"

"爽！"我几乎是喊出这个字来。

当快艇已经离海岸很远时，海水也变成了墨绿色。清凉的海风夹带着咸涩的海水掠过我的脸庞和发梢。远处几只海鱼跃出海面，溅起阵阵水花，往后看是远山含翠，往前看是一望无际的海平面，有种"海到无边天做界，山登绝顶我为峰"的感觉。真的希望时间就这样停下来，好好地安静一下，不为尘世间的恩恩怨怨而烦恼。

只是现在自己一个人，没有简单在我身边。这种想法一转眼就被否决掉了，等到上岸的时候，更是刺激，快艇擦过海面好像飞上岸一样。让我一下子想起电视上演习抢滩登陆的解放军，到了岸上我还没清醒过来。

杨明照过来给我披上衣服，"怎么，又想她了？"

我苦笑着点点头。杨明照不知道，对于我来说，没有简单的世界，整个都是灰暗的，何况在这小小的深圳？

简单，你能听见我说话吗？我现在坐在南国最美丽的海边，岸上有很多用茅草搭成的小亭子，海滩上有很多贝壳和海星，也

有很多美丽的女孩。但是我找不到你的身影，你，在故乡还好吗？

　　我静静地靠在岩壁上，真正将自己融入了自然。在海天一线之间，将一切名利是非飘抛于浩渺烟波里。在最后的海湾，我坐在山头遥望远处烟波浩渺，享受海风习习。我真的不想走了，只愿这样坐着，化成一块岩石来护守护这份美丽。贴着岩壁，偶尔回头，看到的是落日余晖洒在海面和远处的海湾。

　　那种宁静与安详是无法用言语表达的，海面上波光闪耀，不知名的海鸟在头顶飞翔，远处的渔船正欲归航———一幅绝美的图画。

　　简单，等着我。我一定要带你来深圳的海边，因为这里拥有我见过的最美丽的风景，而最美丽的地方怎么可以没有你的身影？没有你的城市到处都是孤独与寂寞，连同这浩瀚的大海……

❖10❖

　　过完了周末就是周一，新员工开始正式上班了。我们二部新进了8个业务员，听敖希讲这次一下子进了公司十几个人。深圳的公司能承受这么多新人的也是屈指可数的。

　　分在我身边的是个北京女孩，今年刚刚从中央民族大学计算机系毕业。又是一个硕士，我的压力好大。而她也成为我们公司唯一的北京人，我们问她为什么放弃首都户口来深圳工作。女孩的回答很是令我感动。她说："生命很短暂，我们需要不停地充实自己，不要留下遗憾。深圳是年轻人的天下，我想闯一闯！"

　　是啊，我们都一样，都是为了让自己的生命写下最华丽的篇

章。希望当我们年老的时候，再回想起那段白衣飘飘的年代时，能够对自己讲：我年轻过，拼搏过，因此我无怨无悔……

下午的时候，11日联系的那个做空调的嘉力达实业的客户被我丢掉了。不是我们的技术不如人家，而是价格方面并不是我们的优势。虽然和那些小公司相比，我们的技术或者服务都是数一数二的，但是更多的客户不会考虑这么多。他们只是想如何把成本降到最低，这也是中国老板的一个悲哀：只顾眼前蝇头小利而忽视日后所带来的经济效益。

放下电话我很沮丧，欧阳拍拍我的肩说："这很正常，不要这样子，还是大学生呢，一点挫折都受不了。"

其实我并不是因业绩会受影响而伤心，而是因为这一张单付出这么多心血却得不到客户的认可而委屈。

快下班的时候，敖希给商务一部和二部召开营销策划会，一起讨论怎么为公司提高经济效益。大家一起讨论了很多，气氛也很好。

经过这些天在联华的经历，我发现深圳的公司制度和其他公司有很大的不同。大家坐在一起根本没有什么高低贵贱之分，有什么意见或想法直接提出来就可以。而且基本上没有废话，一般就是二三十分钟就散会，反而越是这种快而小的会议效率越高。不像那些国有企业会议一开就是几个小时，还有什么无聊的领导讲话之类。

速度和效率的重要性在深圳发挥得淋漓尽致，深圳是创造奇

迹的地方，特区人最讲的就是实干与效率。充分调动员工的积极性和快节奏的办事效率使得深圳人将内地企业远远地抛在身后，过去是这样，现在是这样，将来也会是这样。

一下班，我就迫不及待地给妈妈打电话。许久没有听见的妈妈的声音，让我有些鼻酸，但是我还是很高兴地报告我下个星期回家。妈妈显然很高兴，一再叮嘱我自己保重，注意身体。我很想对妈妈说让她放心。虽然羽翼还没有丰满，但是儿子已经可以尝试着飞翔。

❖11❖

我说过上帝是公平的，在让你失去一样东西的时候会再给你一件东西。虽然可能不如丢失的珍贵，可也能给自己带来多少一点安慰。

在丢掉嘉利达实业的单后，我化悲痛为力量，再接再厉，终于拿下了三泰衡器公司的那张单。虽然钱并不是很多，但总比没有要好。

电话里约好下午四点见面，因为上次和杨大楼去过一次知道路程，所以不到两点我就独自从公司出发了。先做410路到油松站，然后转863路到宝安公明站。光车费就要十几块，经过两个多小时的颠簸，终于到达了目的地。

当我赶到客户公司的时候，对方却是铁将军把门。无奈之下打对方手机催问，客户说现在人正在罗湖区，要我等一会儿。罗

湖离宝安就是不堵车也要走2个小时啊，让我等一会儿？不会是不想签单了吧？我心里有怨言但是也不敢懈怠，心里充满疑问可是电话里还要客客气气地让人家先忙。人说业务员是世界上最伟大的职业，也是最下贱的职业。虽然偏激，但是从另一个侧面说明了这种职业的特殊性。在我们眼中，客户是上帝，人家有什么要求都要满足。

为了拿到支票，今天就是让我睡在街头我也认了。

没有想到这一等就是将近三个小时。家家户户都已经开始做饭了，阵阵饭菜的香味让我的胃开始抽搐。中午饭我就没有吃，现在都到了晚餐时间，客户还没有回来。说来也奇怪，来深圳这些天我已经不知道什么叫作着急，也许是现实的生活将年少轻狂的棱角磨得再没有锐气和光芒，也许是成熟的心灵已不再冲动和狂热。学会从容和安静才是长大的真正象征。

还好，大概快七点的时候，客户终于来了。没有废话，甚至没有礼节性的问候，拿出合同，签字、盖章、开票，不过5分钟就解决了。这就是深圳人的速度，走的时候，客户还场面话说得蛮漂亮："害你等了这么久，一起吃饭吧。"可是一边说话却一边开门。我忍住笑，礼貌地推脱："不用了，张老板，我还要回公司入账呢。"

出了三泰公司的大门，街道上已经是灯火通明。我连忙在路边等回去的公交车，等我回到住的地方的时候，已经快9点了。同事说我妈妈打过电话问了，我一边喝水一边诉苦。

"那个客户简直不是人，弄得我到现在都没有吃中午饭。"我一下子泡了三包面，不到十分钟就全部吃光了。

"你就快回去了，回家去吃妈妈做的饭，我们想想都羡慕，再说小伙子很不错了，毕业之后一定能闯出一番事业。"同事淡淡地夸我，在我心里还是很受用的。

晚上睡觉冲凉的时候，我照镜子看到里面那个憔悴的面孔，不敢相信这就是自己。是啊，我慢慢地正在蜕变，身体和心理上都在蜕变。

来之前，我的座右铭是修身、齐家、治国、平天下，现在感觉自己能做到前两条就不枉此生了。而且我相信我已经开始慢慢可以控制自己的情绪了，虽然这只是修身的一个部分。但我正在放下自己的学生气，一点点学会改变性格来适应这个社会。不要妄想自己可以改变这个社会，学会被社会同化才是当务之急。虽然这个过程会有疼痛，但是你必须要走这一步，睡觉时躺在地铺上，望着头顶的天花板，思绪随着温暖的南风飘向故乡。

我想我回济南后，应该把在深圳的这段经历整理好。风干、撒上盐、腌起来，等老的时候再拿出来下酒，味道一定不错。

❖12❖

回头说到那些新人，刚刚上了两天班就有支撑不住的了，今天又有一个逃跑的，这样的话我们二部召进来的8个新人现在还剩下5个。我不知道该怎么评价他们，其中还有名牌大学的毕业生，

却受不了这一点点挫折。不过这也是当代大学生的通病——不能吃苦。

敖希说大浪淘沙，不适合的自然会被淘汰，不过我还是感觉无论做什么，不到最后决不能放弃。这好像是我高中时我们的学生会主席说过的一句话，虽然现在他的样子已经在我的脑海中模糊了，但是这句话却牢牢地刻在我的记忆深处。

学校快开学了，大川一个电话接一个电话问我多久回去，就在我归心似箭的档口，吕良东说要找我谈谈心，算是临走之前公司领导对我的总结吧。如果说到深圳工作的这一个月是我青春里最重要的组成部分，那么东哥和我的这次谈话则是这一个月中最重要的组成部分。

谈话主要是围绕我这一个月的感受和这段生活对我回济南之后的学习生活有什么意义展开的。和东哥说的一样，其实大学里所学的专业知识到社会上的用途并不是很大，在大学学到的最重要其实是人生观和懂得怎样去学习。这些天在深圳每天面对的都是商业精英或者事业有成的成功人士，和他们打交道无形之中给我的改变是巨大的。以前的自己有点井底之蛙，以为已经什么都懂了，可是原来这个世界是这么大，我看到的只是巴掌大的一片天空。

记得来的时候东哥说，你这一个月学会认识这个城市会对你以后的观念有很大的改变，到今天虽然我还没有真正认识深圳，但是我明白了什么才是真正的成功和努力。做事情最忌讳好高骛

远，任何时候都要做好计划，目标不要订得很远，而是一步一步地实现。成功的人都要先处理好身边的小事，这才是最需要记住的。

路漫漫其修远兮，吾将上下而求索。张扬，你还嫩着呢！

下午的时候工资终于姗姗来迟，因为上个月我只上了四天班，又没有签单，所以工资还是蛮惨的。

尊重深圳的规矩，我隐去工资的数额。虽然少但是毕竟是在深圳领到的第一笔用自己劳动换来报酬，和高三毕业那阵子写稿子拿钱是不能比的，这次我的付出和代价都是那会儿所不能比拟的。晚上请大楼到公司楼下吃面，终于找机会可以报答他一下了。

在深圳我最应该感谢的应该是杨大楼，如果不是他，我恐怕真的要流落街头了。与其他北方男孩不一样，大楼属于那种安稳体贴的大哥类型，给人很安全的感觉。大四毕业一个很偶然的失误使他放弃了去空军的机会而来到深圳，他的一生也由此改变，我很佩服大楼坚强的意志和刚烈的性格，如果是我，或许不会走到现在。

杨大楼，一定要来山东，让我有请客的机会。不然我会恨你一辈子的，可不是吓你啊！

❖13❖

踏上返程的列车，我微笑着和这个城市说再见。

回程的路上，我在心里默默地谢过那些给予我帮助的同事，然而，更多的是感谢深圳教我的种种成人世界的法则。我就要回

到校园了，可是我已经长大，大一的世界，教给我的不仅仅是爱情和兄弟义气，还有吃苦耐劳和接受现实。在这个现实的社会，我已经把我的青春当成交换，交换给了它——现实。梦想已经起飞，成功在触手可及之处，而我，只有努力向它前进，再前进。把种种少年的幼稚和天真甩在身后，接受青春给我的磨难和伤痛，让时间做我的师长，把成功牢牢掌握。

　　妈妈，我回来了。兄弟们，我回来了。简单，我回来了。

　　不一样的张扬，会给你们惊喜，不一样的我，会带着你们的爱，走向成功。

第七章　少年激斗

❖1❖

如果硬要说，这个假期给了我什么，那么我能用四个字来概括——脱胎换骨！

我收获了爱情，收获了经验，最重要的是，我收获了勇气。

开学了，所有的一切都要重新开始。而我的文学社，也将重新开始它的新的一页。

"张扬，你来啦！他们都来了，就等你了！"刚回到宿舍，徐大川就迎了上来。他瘦了，也黑了。

我乐呵呵地给了他一拳，再拥抱住他，"小子，今晚你请客。我可是去深圳熬回来的人，你要给我接风。这个暑假就属你过得滋润，和刘洋滋润吧？"我还是很小声地问，怕被李小辉听见。

没想到李小辉也凑过来，挤眉弄眼的，"刘洋对你好不好？你没欺负刘洋吧？你要欺负她，我可不饶恕你。我现在是刘洋的哥哥！"

我不知道李小辉现在是怎么想的，不敢贸然接口。徐大川接着问李小辉："你那个女网友怎么样啊？温柔吗？"看来这个暑

假，谁都没闲着，李小辉也是"有家有业"的人了。看来刘洋这个禁忌在宿舍可以解除了。

对了还有许炎呢？

"你们别看我，你们都有女朋友了是吧？没事，别担心我，我要么不找，要找就找个比你们都好的，你们就等着羡慕吧！"许炎一边说一边哈哈大笑，看来许炎也成长了不少，性格上到是开朗多了。

夜里，大家都携伴来到校门口的饭店，还是那家火锅店，还是我们这群哥们，不过，多了好几个女孩子。当然了，她们都是我们的"家属"。然而，这种场合我们也没忘记叫上江帆。虽然一个假期没有和江帆联系，但是他对文学社的忠心大家都有目共睹。这种聚会，总是不会忘记他的，更何况，我还需要宣布文学社改制的问题。

携来百侣曾游，忆往昔峥嵘岁月稠。恰同学少年，风华正茂。书生意气，挥斥方道。指点江山，激扬文字，粪土当年万户侯。

主席的诗词太适合当时的场景了，兄弟们推杯换盏，少年豪情，意气风发，壮志凌云。

"来来，咱们先给张扬大社长敬一杯酒！"李小辉招呼大家站起来，女同学就免了。

几个哥们站着，笑嘻嘻地看着尴尬的我，一起举杯："祝大社长在新学期中把我们的文学社带上一个新的高度，更祝贺张扬同志从深圳那个纸醉金迷的世界清醒地回到这个小泉城！"前面

还挺严肃的，说到后面大家就开始忍不住笑意了。喝得多的，已经东倒西歪地笑得不像样子了。

"喂，说，在深圳有没有艳遇？"徐大川醉眼蒙眬地勾住我的脖子，一个劲儿地往我身上蹭。

我一仰脖子把杯中的酒一饮而尽，故作沉思状，"这个，不知道该不该说啊！"

"说说！"所有的人都在起哄。我回头看简单，简单喝了点酒，脸红扑扑的，这个时候也含笑着看着我，并不阻止他们的胡闹。

"那我说了啊！"我整整衣服，站在桌子前，还故意清了清嗓子。

"你就快说吧你！"李小辉都不耐烦了，连许炎都开始为难我了："你丫的就欠抽啊？有话快说，有屁快放！"许炎的话引来哄堂大笑！连女生都毫无形象地笑得花枝乱颤。

"说了说了！我在深圳，遇到了我这一辈子，都没有遇到的艳遇。"我一边说，一边回头看简单，简单不笑了，很认真地倾听我说话。

"这个女孩，是单纯如水的女子，值得我用一生去珍惜。"我缓缓地说，简单低下了头，我看不到她的表情。而他们，也不闹了，静静地听着我接下来的话。

"在深圳，我的心里装着她，如果没有她，我早就撑不住了。我吃那么多的苦，都不觉得苦，只因为她在我心中。支持着我坚持下去，只有她而已。"我回忆起那时候的苦，声音开始沙

哑，"我告诉我自己，这是我要用一生去守护的女孩。我告诉自己，我要成功，因为我要我的女孩以我为傲。如果有一天，我功成名就，我希望能守护她一辈子。"

我拿起杯子，倒满酒，高举道："敬我心中的女孩，干杯！"我没等待任何人的回应，一饮而尽！

简单抬起头，接过我手里的杯子，满脸泪痕。她什么都没有说，倒满酒，举到我面前，哽咽着说："敬我心中最成功的男人，干杯！"说完，她也毫不犹豫地一饮而尽。

掌声响了，我一把把简单搂入怀中。

"你们两个，总是喜欢在公共场合秀恩爱，欺负我们没女朋友还是怎么着？"江帆估计也是喝多了，居然学会了徐大川的语气。

闻言，简单不好意思地把我放开。还没等我回答江帆什么，刘洋也站了起来，"徐大川，你什么时候有张扬的浪漫啊？害我羡慕得要死！"这话说得徐大川一脸愧色，而我们毫不客气地开始拿徐大川开玩笑。

闹到十点多，他们还提议去唱歌，我注意到简单已很困倦，便道："我不去了，我要送简单回去。今天坐车累了，简单肯定困了。"我站在火锅店想先和他们告别。

"不是吧？这么扫兴，一起去啊！"刘洋倒是很兴奋。

"不了，你们去玩吧，我自己回去好了。"简单松开我的手，想要自己回去。

"不行，太晚了，我得送你回去。"我怎么可能让简单自己

回去，我刚刚重新得到这个可爱的女孩，一刻都不想放手，"你们去玩吧，来日方长，改天我和你们好好喝！"

徐大川站在那里，沉默着。突然在我转身的时候，他开口叫住我："张扬，没有来日了。你早点回来，我们在K歌房等你。"说完，他就搂着刘洋走了。

我愣了一下，徐大川今天和往日看上去不一样。他不会有什么事吧？还有那句话，也好像说得很悲伤。

❖2❖

送完简单，我回去找他们。发现只有男生在了，女孩子都被送回去了。他们都没有唱歌，电视屏幕闪烁，而他们还在闹哄哄地喝着酒。

我径直走到徐大川身边，拍拍他的肩膀，他手里握着酒瓶子，头深深地埋在膝盖上。看上去，像是睡着了。

"大川！醉了？"我小心地晃了晃徐大川，他慢慢地抬起头。

我看到了一个眼泪纵横的脸，还有一双疲惫的眼。

惊讶，是我此刻的一个感觉，不安，是我当下的反应。但是我什么都没有问，只是拿过桌上的酒瓶，给他和我，各开了一瓶。

"给你这个。"我把新开的酒塞进他的手里，"干杯！"我拿起瓶子跟他轻轻一碰，没看他就咕咚咕咚喝下去半瓶。

"你不问我？"徐大川没喝酒，凑过来似乎想要看清楚我心里在想什么。

　　"问你什么？"我继续喝酒，"来，喝酒！你想说你就说，对着我，对着酒瓶子说。"

　　"你为什么不问我？"徐大川已经完全糊涂了，还是追着我问，"你不问我，我怎么说？"

　　"好，我问你，你说，你怎么了？今天你说那话什么意思？什么叫没有来日了？"我一连串的问题问完，看着他愣愣的表情，又开了瓶酒。

　　"我？我没事！"徐大川一边摇头一边向沙发歪斜过去，"我真没事，只是不能再和你们喝酒了。"

　　"今天我们是不是在喝酒？"我把他揪起来，"明天你会不会去死？不会吧？啊？不会的话我们就还可以喝酒！"我狠狠地推搡他！

　　"我不会去死。"徐大川缓缓地摇头，陷入沉默。

　　我懒得理他，坐在一边喝酒，他们几个都醉了，歪斜在沙发上昏睡过去。不知道他们到底喝了多少酒，不知道他们都有什么心事，或者只是纯粹的发泄，满地的酒瓶。

　　"张扬，以前我跟你说我没自由，我很痛苦，你嘲笑我。"徐大川靠在我的肩膀上，"现在我有自由了，你要恭喜我！"

　　"什么意思？"我突然觉得这种"自由"，听起来不太好。

　　"没什么意思，就是我自由了！"徐大川突然就兴奋起来，一边大声叫着一边大笑。我忽然感觉到一种恐惧，一种大难临头的恐惧。

　　"你冷静点，到底出什么事情了？"我站起来，把徐大川压在沙发上，拿走他手里的酒瓶，他脸上是那种奇怪的笑，让我不寒而栗。

　　"我自由了，限制我自由的人终于走了！"他呵呵地笑着，笑得很傻，笑着笑着他的眼泪慢慢掉了下来。

　　"大川？"我不敢相信自己的眼睛，眼前这个刚刚分别一个假期的朋友此刻让我感觉如此的陌生。"到底发生什么事情了？"

　　"我爸爸被抓走了。我还是最后一个知道的！最后一个！"徐大川像是要疯了一样失声大吼。

　　本已经沉睡的他们，都瞬间被惊醒了，看着站在正中间的徐大川挥舞着双手，像要抓住什么又像是要赶走什么一样！

　　"你冷静点！"我大声地呼喝，徐大川果然停了下来，怔怔地看着我，好像在看陌生人一样。

　　他们也都起来了，团团围着徐大川，李小辉他们试图去抓徐大川的手。可是徐大川好像料到他们要抓住他一样，突然发疯似的挥舞双手，大叫不止。

　　"放开我！不要抓我！我没有爸爸！放开我！"徐大川一会儿哭，一会儿叫。是醉了？还是疯了？我知道这两者都不是。

　　一阵忙乱，徐大川好不容易坐下来，他像一个无助的孩子，拽着我的衣袖，在我耳边不住地呢喃："张扬，我没犯罪，我不是贪污犯。我没有乱花钱，我不知道那个钱不正当。"

　　我不忍心再去看他的脸，只能任由他拽着。我不知道说什

么，也不知道这个时候该怎么说怎么做。他们都默默地散坐在身边，都默默地，默默地不知道该说什么。只有那个电视屏幕还在闪烁着，不知道在唱些什么。

❖ 3 ❖

第二天在宿舍醒来，有一瞬间我都不知道自己身在何处。愣了一会儿才想起昨晚的事情，赶紧支起身体向下铺看去，还好，徐大川乖乖地躺在那里，像平时一样没心没肺地打着呼。

难道昨晚，是梦吗？

"嘘！让他多睡会儿。"李小辉看到我醒了，竖起手指示意我别出声，"昨晚他哭了很久。"

看到李小辉同情的眼神还有许炎的沉默，我知道昨晚不是梦。徐大川家里真的出事了！我静静地坐着，试图理出一个头绪来。可是努力了很久，还是一无所获。

"他暑假没回去，就是他爸妈的安排。他妈妈给他打那么多钱不要他回去，就是担心他回去看到各种人进出他们家，也怕他看到他老爸双规承受不住。"李小辉走近我，对坐在床上的我说出假期中发生的事情。

"你们怎么知道？"我很奇怪。

"报纸上都报道了。你去深圳了，不知道。徐大川和刘洋到处玩，也不知道。"李小辉小声补充道。

原来一切都早已露出端倪，难怪徐大川昨晚说，他是最后一

个知情者。

看着还在沉睡的徐大川，我们都一筹莫展。没有办法能帮到他，我们能做的，只是提供兄弟的肩膀。

下午，召开文学社开学以来的第一次会议。早在开学之前，我就已经拟好了文学社今后的方向，开会的第一件事情，就是把材料分发给他们。

会议室里很安静，所有的人包括徐大川都在仔细地研读手里的资料。有的面露微笑，有的眉头深锁，还有的如徐大川神游不知归处。徐大川从早上起来到现在，一切正常，就像以前一样。我们谁都没提昨晚的事，心照不宣地给徐大川一个空间。

"张扬，我觉得你这个方案很好。"江帆第一个看完，一开口就给了我莫大的信心。

"我觉得不行。"李小辉紧随其后，但是却投了我的反对票。

其他人不表态，也不方便表态。因为这个方案很新颖，但是学校那里很可能通不过。这个问题我也清楚，所以今天开会的主要目的不是讨论方案，而是讨论怎么处理学校的阻碍。

"其实我只是想让你们帮我搞定校领导，这个方案对我们文学社只有好处没坏处。"我看看他们，说出了我的打算，"文学社开办很久了，可是到现在还只有几十个人，七八条枪。就是我们这些人，可以说是开国元老也可以说是死守阵地。我想把公司制度引入我们的社团，这样我们的文学社才会走得长远。把广告引进来，把校刊质量提上去，把同学们感兴趣的话题放上去，把

学校的领导主旨用大家容易接受的方式来刊登出去。我们不是要说教，而是要青春的肆意汪洋！"

一番话，说出了我心里隐忍已久的激情，和对这个文学社倾注的心血。至于为什么会突然想到把文学社搞成公司制，并且还有资金的投入和盈利，是受了深圳那个城市的影响。

"会有公司愿意给我们做广告，投资吗？"许炎问我。

"不知道。"我苦笑着摊摊手。结果引来一片起哄声，徐大川故作夸张地说："张扬，你不是还要我们去给你拉赞助吧？"

"是啊，大家一起拉赞助。"我笑着说，一点不意外地看到他们都张大了嘴巴，议论纷纷。

"看看现在市面上的杂志，为什么上面有那么多的彩页，那么多的广告，还不都是拉赞助拉来的。"我怕他们担心赞助不好拉，赶紧给予鼓励。

"可是别的杂志一般都是全国销售，知名度高啊。"李小辉反驳，"我们的校刊，读者群就是我们学校内部，有哪个公司愿意给我们投资啊？张扬，我们知道你是从改革开放的前沿阵地回来的，可是济南不是深圳，咱们的经济化程度没人家高！"

"广告当然有，我们学校的都是学生，学生对什么感兴趣，什么广告就有生存的余地。"关于这个问题，我早就想好了。

"每一个城市都会走向经济高速发展之路，深圳会是济南的未来。"

"好，我支持你。你是我们里面见过世面最多的人，我相信你。"江帆一直不说话，可是一开口就是坚定的支持。

　　"那好，我们今天就开始行动，一个月之后，我们要做出第一期的校刊。"我站起来，神采奕奕，我不可以输，我不可以让我一手建立的文学社永远默默无闻。

　　"那副院长那边呢？"李小辉总是在关键时刻提出关键问题。

　　"毛主席说，打得一拳开，免得百拳来，做事情越纠结越做不好，我们做出来再说！"我决定先斩后奏。

❖4❖

　　晚上，我和简单漫步在她们学校的树林边。

　　"张扬，你们文学社最近好热闹啊，是不是你又出了什么好主意？"简单的小手安静地躺在我的大手里。

　　"是啊，我想让文学社公司化，变成一个有投资有盈利的单位。"

　　"那你们会不会很辛苦？"简单的眼神里有担忧。

　　"没事啦，你放心好了。我很棒的，你说过的，你忘记了？"我笑着抵住她的额头，用亲吻来安慰她。

　　"那你不用每天来找我了。我们还可以发短信啊。"简单一笑，眼睛弯弯的很可爱。

　　"对了，我有礼物送给你。"我故作神秘地说。

　　"什么礼物？"简单欣喜的表情让我很开心。

　　"在你邮箱里。"我牵着她的手继续走，"你晚上回去就看到了。"

简单一再地追问是什么，我都没有告诉她。我不想提前让惊喜曝光。送她回到宿舍，我也回去继续为我的文学社奋斗了。

在灯下，我详细地整理着大家搜集来的资料。然后罗列可以在校刊上投资的客户，最后把他们分成三个级别，让哥们分工去"对付"。

仿佛又回到了在深圳的日子，在桌前整理客户资料，然后第二天一个个打电话去拜访。

回忆总是美好的，忘记了当初的辛苦，留下的只有快乐。

关于招商引资的辛苦，我不想多说。我想说的是：好兄弟们，大家都辛苦了。但是辛苦得有结果，辛苦得值得。当我们接到第一笔广告款的时候，我在他们脸上看到了当初我在深圳接到第一笔单子时的快乐和兴奋。

一个月之后，我有了两件值得庆祝的事情。可是也是那一天，我永远失去了徐大川这个兄弟。

那天早上，我接到出版社的电话，说我的新小说《没有翅膀的飞翔》已经印出样书了。一大早，我就高高兴兴地拉着徐大川跟我去邮局拿书。徐大川也很高兴，本想叫上刘洋一起，可是刘洋关机了。

不过这丝毫没有影响我们两的兴奋。

据说样书有20本，我们都背上了许久不用的书包。这本书是我从深圳回来之后完成的。当初我不是给编辑夸下海口说要写一本15万字的小说给他吗？现在我没有食言，15万字的小说完成

了，是送给我的深圳，送给我的女孩的。现在它终于出现了，我能不激动吗？

　　拿到了书，徐大川要我送他一本。没问题，当场就挥笔签名，送了一本给徐大川。

　　"这下好了，我也有作家签名了。"徐大川爱惜地把那本新书装进自己的书包夹层。我得意地一笑，心中有说不出的满足。

　　一路上，我就想着怎么把这书送给简单，虽然上次在她的邮箱里，我已经给了她这本书的全稿，可是那和现在完全不一样啊。这可是厚厚的实体书，和电脑里一个WORD文档是完全不同的感觉。

　　走到校门口的时候，我还沉浸在自己的想象中。我没有注意到徐大川的眼神，也没有注意到徐大川握紧了的拳头。

　　当我发现他不对劲儿的时候，他已经冲出去了。

　　"大川，怎么了？"我刚喊出声，顺着他跑出去的放向，看到了不该看到的一幕。

　　刘洋挽着一个男生的胳膊，从学校后面的小旅社里走出来。

　　"大川，别去！"我顿感不妙，立刻拽住他的胳膊。

　　"我要问问她，她为什么最近对我都冷淡，是不是因为他！"徐大川怒吼一声，直指那个男生。

　　"不要，这里人多，回头再问。"我太了解徐大川的脾气了，坚持不让他过去。

　　"不行！"徐大川的眼睛都红了，一下就挣开了我的手，冲

过去，拦住了他们两个。

"刘洋！你在做什么？"徐大川死死拽住刘洋的手，把她拖离那个男生的身边。刘洋很慌张，也很害怕，漂亮的脸变得扭曲。那个男生过来拉住徐大川，"你干吗？别动我女朋友！"

徐大川冷笑了一声："这个女的是我女朋友，你滚！"

刘洋挣扎了一下，挣不开。"你放开我，你抓痛我了！"她冲着徐大川喊。我站在一边，也去拉徐大川的手。

"你怎么回事？你干吗拉我女朋友？"那个男生看到刘洋说痛，一脸心疼的表情。

"跟你说了，她是我的女人，你滚开！"徐大川疯了一样出手就一拳！

"徐大川你怎么打人啊！"刘洋扑过去护住那个男生，我赶紧也拉住徐大川。在这里闹事不好，万一被学校知道了，大家都没好处。

那个男生也想扑过来，可是被刘洋抱住。"徐大川，我跟你分手了！你快走，不然我要报告老师了！"刘洋突然就镇定下来，恶狠狠地对徐大川说。

"分手？"徐大川也不挣扎了，"为什么？什么时候要分手？"

"我们早就该分手了！"刘洋一点都没有留恋旧情。

"为什么？"徐大川的脸色煞白，被我抓紧的双手在颤抖。

"为什么？"刘洋这个时候真的很丑陋，"你家里发生那样的事情，你要我怎么还跟你继续？你都没有钱了，我要你干吗？"

此言一出，徐大川全身一震。

"刘洋，你别太过分了！"听到这话出口，我不得不出声。

"过分？"刘洋笑笑，"你有什么资格说我？这个世界就是这样！"说完，她扶起那个男生就走了。

留下徐大川一个人，茫然地站在那里。

我瞬间不知道说什么话劝他了。

❖ 5 ❖

我们的文学社，在一个月后，虽然经历了小小的波折，可是终于成功的做出了第一期的杂志，有广告，有投资。而我们的文学社也由一开始的11个人，增加到了183个人。成了学校人数最多的社团。我的小说，也全部上市。简单很开心，很喜欢我送给她的礼物。

多么希望这一幕徐大川可以亲眼看到。

可是他走了，选择了离开我们。

他说他去当兵了。

家庭变故，刘洋的离开，让徐大川彻底地对社会也对自己失去了信心。他走了，满心失落地离开。

李小辉没有了初时的张扬，低调了很多。许炎比以前更沉默，整天默默地忙着些什么，谁都走不进他的内心。

徐大川是走了，可是我们的生活还要继续。除了文学社的蒸蒸日上让我们每个人都兴奋了一阵子，可是这种兴奋当校刊走上

正轨之后，就减弱了许多。

<h2 style="text-align:center">❖ 6 ❖</h2>

　　漆黑的夜，宿舍已经关了灯，我躺在床上，闭一会儿眼，又睁开，如此循环了不知多久。

　　总是感觉，徐大川就在下铺睡着。

　　事情，已经过去了一个多月。但宿舍，却总像少了那么一个人，就变得不再完整……

　　"你有什么资格说我？这个世界就是这样！"刘洋的话在脑海里不断地回荡，只要闭上眼睛，她的眼神便如幻灯片一般清晰地出现。

　　不知为什么，我竟感觉到莫名的心痛——不为刘洋，不为徐大川，而是为这个世界，感到钻心的痛。

　　我突然想起了深圳那些或奋斗或努力或堕落的女孩们。她们有的为了理想，有的为了金钱。

　　长恨人心不如水，等闲平地起波澜。

　　刘洋没错，错的，是这个世界。

　　罢了，我们都还年轻，何必非要把这个世界看得那么透彻。

　　晚安了，世界，或许在梦境中的你，反而会更真实一些……

　　正当我在半睡半醒的蒙眬时，突然听到一阵摸索声，恍惚中我还以为寝室里进了小偷，揉揉眼睛仔细一看，李小辉正坐在桌

前打着台灯挡数最低的微弱灯光。

"李小辉？"我轻声确认道。

"啊？"他显得十分慌张。

"这么晚了不睡觉，你下床在那里干吗呢？"

"我……我没事，就是睡不着，下来透透气。"

透气？透气不到窗口却坐在桌前？

李小辉吞吞吐吐的样子，更加让我产生了疑问。

"他在学习。"突如其来的声音吓了我和李小辉一跳。

"许炎，你……你也没睡啊？"李小辉结结巴巴道。

"有心事，睡不着。"许炎在床上翻了个身，"小辉，不是我说你，学习就学吗，干吗还偷偷摸摸的。"

原来如此，搞了半天，李小辉是在埋头苦读。

"许炎说得有道理，小辉，学习又不是什么见不得人的事，为什么要背着我们呢？"我原本坐起来的身子也躺在了床上，这么晚了还起来读书，我甚至怀疑这小子是不是受什么刺激了。

"不是这样的，我不是有意要背着你们的。"李小辉低下头，"我是怕你们笑话我……"

怕被笑话？我想了一想，确实有些宿舍会在室友学习的时候会集体嘲笑，不过那种宿舍基本上都是一屋子混日子的，吃着父母的却不思进取，整天想着过一天算一天，遇到学习的不但不觉得自己愧疚，反而嘲笑其没有真正的年少轻狂，这种自欺欺人的想法令我很不理解——年少轻狂，并不代表着要碌碌无为。

　　但是从深圳回来之后我明白为什么当初会那么做了，因为不自信，因为想逃避，不敢面对自己的学业和未来。但是现在的我已经脱胎换骨了，我想我们都应该把最美丽的年华献给最壮丽的事业。

　　"小辉，学习这件事放在何时都是没错的，我们来大学，为的不就是学习么？话说回来，就算有人嘲笑你，那也是他们心虚，害怕别人比自己优秀。最宝贵的青春年华，再不努力，更待何时。只要自己的梦想光明正大，又有什么是见不得人的呢？"我说出了自己的心里话。

　　"是啊，只要梦想光明正大，又有什么见不得人的呢？"李小辉点点头，"张扬，谢谢你。我觉得从深圳回来之后你不一样了，少了一些张扬，多了一些简单。"

　　这话一出，我突然反应过来，不愧是读莎士比亚的，说话太有水平了。

　　"这有什么可谢的，大家都是兄弟啊。对吧，张扬。"许炎大大咧咧地说道，"小辉，你把灯调亮一点，那么暗看书多伤眼睛啊。"

　　"嗯！"灯光下，也不知道李小辉是感动了还是太困了，眼圈竟是有些发红，"我绝对，绝对绝对，会考上复旦大学的研究生！"

　　李小辉的话，让我原本闭着的双眼再次睁大了起来。

　　"小辉，你……你说什么？"许炎显然也是有些不敢相信。

李小辉清了清嗓子，"我说，我要考上复旦大学的研究生！"

"是上海那个复旦大学？"许炎咽了口吐沫，问道。

"不然还有哪个复旦大学？"李小辉翻了个白眼。

许炎沉默了，我也缓缓闭上了双眼。

"你俩怎么都不说话了？你们不相信我会考上吗？"李小辉不依不饶地追问着。

而我和许炎，依然保持着缄默。就我个人来说，并不是不相信小辉，更没有瞧不起他的心理，但要考上上海复旦大学的研究生，说句实话，李小辉现在所做的努力的确非常大，如果照他现在这个状态没日没夜地学习，或许会有机会考上，但这也只是或许有机会。毕竟我们学院每年也就那么一两个能考上复旦。

他问我们相不相信，我们没法回答，就算想给他肯定和鼓励，我们也没法回答。此时的我们如果对他说："小辉我们相信你能考上。"那么将来一旦小辉失败，他的心里一定会更加难受。得到别人的肯定不见得都是一件好事，在某些时候，那种肯定或许会给你带来意想不到的负担，甚至会让你骑虎难下……

"张扬，许炎，我不管你们心里是怎么想的，复旦大学的研究生，我考定了。"

之后是长久的沉默，我翻过身，看着李小辉奋斗的背影，在心里默默道："小辉，加油。"我们都知道，无论最后的结果怎样，他此刻的决定都不会令他后悔。仅仅一年，我们真的都成熟了许多。

就像余秋雨中的《山居笔记》中写的那样：成熟是一种明亮而不刺眼的光辉，一种圆润而不腻耳的声响，一种不再需要对别人察言观色的从容，一种终于停止向周围申诉求告的大气，一种不理会喧闹的微笑，一种洗刷了偏激的淡漠，一种无需声张的厚实，一种并不陡峭的高度。

闭上眼睛，小辉的背影仍旧印在我的脑海里，我暗自对自己说道："张扬，在这个穷得只剩下梦想的时候，你一定要比别人更努力并一直坚持下去。努力未必成功，放弃一定失败。就像在深圳时自己决定的那样，老了，一定要对自己说，我年轻过，奋斗过，因此我无怨无悔。"

❖7❖

又是一下午没有课，自从文学社稳定了下来，好像我这个社长的事情变得越来越少，更多事情是我下面一层的管理人员去做。

"许炎，干什么呢？"我闲着无聊，便去看看许炎在忙些什么。

"看电影，这电影我已经看了四遍了，真的很经典，张扬，反正今天下午也没什么事，过来跟我一起看啊。"许炎冲我招招手。

我摇摇头，皱着眉头说道："就是因为太悠闲了，我心里总有种不好的感觉，有句话叫物极必反，文学社不仅人员不断增

加，要求打广告的商家也越来越多，如此毫无阻力地蒸蒸日上，反而让我觉得势头有些太过了。"

"得了吧，你这就是闲不住！"许炎倒是觉得我有些杞人忧天，撇嘴道，"这电影叫《偷天换日》，真的超级经典，你不看可别后悔啊。"

"呵，真的假的啊？我看看，讲的什么呢？"我刚要在一旁坐下，只听李小辉慌张地推门而入。

"张扬，大事不好了！"

"太好了！是不是文学社出事了？"我兴奋地站了起来。

"是啊！"李小辉说完大呸一声，"好什么好，文学社都出事了你还叫好？你这社长是不是脑子坏了啊？"

事物的发展一定是曲折上升的，如果持续直线上升的话，那只能说明离坠落不远了。文学社现在的状态令我有些担忧，因为实在是太稳定了太舒坦了，而和舒坦这个词挂钩的，正是死亡。因此对我来说，文学社出了事，是一件好事，在这时出事，总比以后直接坠落悬崖永不翻身的要好！

"我没空跟你解释，你只需要知道，要想使其灭亡，必先让其张狂，我们文学社最近就是太张狂了。"我眯缝着眼睛思索片刻，对一头雾水的李小辉道，"是不是副院长那边出了问题？"

"张扬，你……你干脆叫诸葛扬算了，你怎么知道的？"李小辉不可思议地瞪大了双眼。

"呵！"我微微扬起嘴角，果不其然，看文学社不顺眼的人

除了副院长还能有谁呢？这么久他都没出面制止，我一猜他就在暗地里打着盘算，没想到真让我给料到了。

"现在文学社的所有成员都在副院长室，副院长点名要见你，怎么办？"李小辉急得直跳脚，"张扬，你这是什么表情？你怎么一点也不紧张啊？你不会完全放弃文学社了吧？"

"小辉，你看过《偷天换日》么？很经典的一部电影。"我边说着，边将自己在深圳时的西装穿在了身上。

"没有啊，怎么了？"李小辉一脸迷糊。

"那正好，你跟许炎一起在寝室看电影，我现在去副院长室。"说着，我已经系好了领带，不容李小辉和许炎反驳，我便紧接着严词道，"我是社长，这件事必须听我的，你俩好好在寝室待着。"

"喂！社长，你好歹要知道发生什么事情了吧？"

听着李小辉在身后的呐喊，我摆摆手道："我已经知道了。"

早在几天之前，我就想过副院长会发难，他今天将所有大一社员困在副院长室，道理很简单，他为的就是引起人员恐慌，如果有我们这些大三的老骨干社员在，他绝对没有足够的时间去恐吓那些大一的学生，也会在出言的第一时间被我们这些大三的反驳回去，这一点副院长真是费尽了心思。要知道，社团的主要成员就是大一新生和大二半新生，到了大三，就很少有再新加社团的了，而且大一新生有个特点，那就是好糊弄，凭副院长的地

位，随便三言两语就能使他们"军心"涣散，不敢再拥护我这个社长。

现在副院长点名让我去，想必他定是有了搞垮我们文学社的决心，而此时此刻，恐怕我大部分社员早已经沦陷了……

"院长，您找我？"我象征性地敲了两下门便推门而入，屋内挤满了我文学社的大一大二社员，我的目光扫了一圈，发现所有人都低着头，没有一个人跟我打招呼，甚至连看都不敢看我，不愧是能当上副院长的人物，真不知道我来之前，他都对这些人说了什么。

"我要跟张扬单独训话，你们先出去吧。"副院长低沉地发号施令，所有社员都绕开我匆匆走了出去，碰都没碰到我一下。唉，真是树倒猢狲散，这些社员基本上都是文学爱好者，就在昨天他们还在路上跟我殷勤地打招呼，没想到短短一日，态度竟有如此大的转变。

不一会儿，副院长室便除了我和副院长空无一人，连秘书都跟着出了门外，我直视着副院长，等他先出招。

"哼哼哼。"这副院长竟突然笑了起来，声音令我不禁头皮发麻，"小张同学，你可听过一句话，叫姜还是老的辣？"

怪不得让所有人都出去，原来是想跟我摊牌，尽然如此，我也无需再装模作样。

"院长，你可听过一句话，叫闻道有先后，术业有专攻？"正所谓学英语三年，不如去美国待一个月。在深圳的一个月里，

我每天跑业务做单子，就是再训练自己如何去征服别人，那些商家是人，副院长也同样是人，在深圳的一个月里，我最大的体会就是——人都有弱点。

"哼。"副院长将手背在后面，打量着我道，"毛还没长全呢，跟我讲什么术业有专攻？我现在就学院副院长的身份明确告诉你，文学社，就此取消！"

"我现在以文学社社长的身份明确抗议。"我一本正经地说道，此时此刻，最重要的就是让谈话变得正经，谈话正经了才能有机会讲道理，不然单纯耍流氓，任你耍出花来也耍不过副院长老大。

"社长大还是副院长大？社长要听副院长的命令，抗议无效。"果然，他也被我带得有些官腔官语起来。

"报告院长，人民没有主席大，但全国人大及其常委会有最高立法权、决定权、任免权、监督权！"利用你拥有的一切打击对手，而我所学的法律和政治，正是我现在反驳他的利器。

"居然跟我谈法律了！"副院长不惊反笑，"好，那我就给你讲讲法律。"

见副院长皮笑肉不笑地坐下，我心里开始有了一丝忌惮，谁都知道副院长是我们省的法学权威，子弟遍布公检法。看来我这一路想了几句言词就贸然前来，还是有些冲动了，早知道就该听李小辉把全部的事情讲清楚，再慢慢做打算的。

"张扬同学，你们文学社大肆招人，并且发表的杂志校刊具

有明显的营利现象，这你有什么可反驳的么？"副院长说着，将一本校刊扔在桌上，扉页印着赞助商的广告。

　　我气得握紧了双拳，如果不是对这学校心有不舍，我真想上去揍他一顿，当初是他死活不肯拨一分一厘给文学社，文学社没有资金，那靠什么运转？靠什么出校刊？

　　"院长，盈利资金我们都用在校刊的发表上，一可以提高学生的文学素养，二可以增加我校对外的名气，不知有何不妥？"事实怎样就是怎样，赞助商给的钱我一分都没有私自留过，都分拨给社干部用在该用的地方上了。

　　"是么？你没用，你敢保证你社团的那些干部没用么？"副院长一拍桌子站起来，对着门外喊道，"王秘书，你带贾小艺同学进来吧。"

　　副院长言语一出，我便觉得有些不妙，我紧锁眉头，莫非真有人私花了社团利润么？干部里，徐大川已经离开，剩下的只有许炎、李小辉、江帆，我摇摇头劝自己不要胡思乱想，想必一定是他使计诈我呢。

　　不一会儿，王秘书便带着一个戴眼镜的男同学走了进来，这男同学我有些眼熟，应该是大一社员之一。

　　"说吧。"副院长坐在椅子上往后一仰，似笑非笑地看着贾小艺。

　　贾小艺低头低声道："是大三的许炎，上午他带着我们这些大一的去唱K，亲口说这些钱是赞助商给的，还说让我们吃好喝好

不要吝啬，文学部有的是钱，只要好好干，将来都是我们的。"

"你放屁！"我差点爆了粗口，许炎一个上午都跟我们在一起上课，怎么可能请他们大一的去唱K，"你不要血口喷人，许炎是我室友，我们上午还一起上课，签到表就能……"

"哎，张扬同学。"不等我说完，副院长便打断了我的话，"你情绪不要那么激动吗，贾小艺同学，话得说清楚，不要让张扬同学误会。"

贾小艺仍旧低着头，苦着脸对我道："社长，是真的，昨天上午，许干部请我们大一社员唱K，还说这是社团重大聚会，必须要去，我们很多都是逃课跟着去的。唱K的时候，他还说，还说……"

"说什么？"我瞪着眼睛问道，犹如百孔穿心，不敢相信我听到的话，因为昨天上午，我们确实找不到许炎的人影，而许炎对我们说他去见了一个网友，所以喝了点酒。

"他说社团资金大部分都是他掌控的，要是以后还想继续出来玩，就不能把这件事告诉你……"

贾小艺的话，几乎令我窒息。许炎，毕竟是我的兄弟……

副院长却丝毫不顾我的感受，反而像抓住了时机一般正色说道："张扬，你们社团的这种做法，往小了说叫腐化校园风气，往大了说那叫传销组织！你不是要跟我将法律吗？我问你法律上允不允许传销？念在你对此事并不知情，平日成绩也还可以，立即解散文学社，我身为副院长，不会跟你一个孩子斤斤计较的。"

　　泪水在我的眼眶里打转，我以为在深圳经历了一个月，我以为和简单重归于好，就再也不会有人情世故让我想要流泪了，可是许炎，为什么？我的好兄弟，你究竟是为什么呢？

　　"张扬同学。"副院长站起身，怪声怪气地在我耳旁道，"我知道你对文学社有感情，我也是个文学爱好者，也想让学校有一个发展文学的平台，可是谁想到，这个平台它不自觉地就变了味道，现在甚至触及法律的边缘，我身为副院长，实在是不能眼睁睁地看着自己亲爱的学生们往火坑里跳。"

　　我抹了下泪水，咬牙切齿默不作声，这副院长等这一刻不知等了多久，怪就怪我张扬不该掉以轻心，以为文学社稳定了就疏于管理。

　　"事情总会过去的，年轻人多经受些挫折未必是坏事。以后走向社会你就会知道，这其实也是你成长的一部分。"副院长装模作样地安慰着我，又开始厉声道，"张扬，我给你三天时间缓和情绪，三天之内，我要在校广播站上听到你亲自说明解散文学社，不然，文学社所有学生干部都要以扰乱校园风气为由受到警告直至开除的处分！"

　　"你！"我实在忍不住了，拳头举了起来，却想起在深圳时打的那几千个电话，多少风言风语，多少无视嘲讽我都挺过来了，敖希说大浪淘沙，此时的我如果挥出这一拳，无疑是要在学校这个大波浪里被淘汰出去。

　　副院长面带微笑，一动不动，似乎在等着我动手打他一般。

姜，果然还是老的辣——今天我真是受教了。

我缓缓放下拳头，出人意料的深鞠一躬道："院长，我知错了，我会回去好好反省的。"

欲使其灭亡，必使其张狂。副院长，如果你认为我张扬会这么倒下那就太小瞧我了，我决定的事情，还从来没有轻言放弃过！

❖ 8 ❖

我没有回宿舍，走在路上，我心如刀绞，不知该如何面对许炎，我怕我见到他就会给他一拳，我怕给他一拳之后，我们一年的友情就会随着这一拳付诸东流。

我来到那家火锅店，来到那家我们经常聚在那里的火锅店，推门的那一瞬间，我仿佛看到了简单、徐大川、李小辉、许炎、刘洋都坐在那里，大家有说有笑，冲我招手……

"老板，老样子。"我黯然地坐在我们常坐的那个桌位。

"好嘞，张扬，今个挺特殊啊，头一次是你先来，以前都是他们先来等着你呢。"老板笑道。

"今天，就我一个人，他们不来了。"

"就你一个人？那怎么吃火锅？"老板闻言很是诧异。

"一个人。"我苦笑着，"一个人，不能吃火锅？"

"能，能。"老板似乎也看出了我心情不好，便不再多问，按老样子给我上着菜。

我拿出手机，打开通讯录，拇指在"简单"的名字上晃荡了许久，却最终按在了"徐大川"的位置上。

兄弟间的苦诉，还是说给兄弟听吧。这件事，我自己真的不知道该怎么办了……

拨通了电话，徐大川的声音很是愉悦，也不知是否是一种错觉，那种愉悦，听起来更像是刻意装出来的。

徐大川听完了事情的原委经过后，顿时勃然大怒，二话不说便挂断了电话。正要拨回去，却见手机上发起了群聊，李小辉和许炎很快便加了进来。

"大川啊大川，你总算想起哥几个了，我还以为部队生活太美好你把我们都忘了呢！"许炎打趣道，他显然还不知道事态的发展。

"就是啊大川，你这样可不地道啊！"李小辉紧跟着说道。

"小辉你先别说话，许炎，你是人么？我就问你还算是人么？"

"你才不是人呢，我怎么了？"许炎一头雾水。

"张扬刚才打电话把事情都说了，你还装什么装？"徐大川吼道。

我沉默着，许炎也沉默着，但许炎的沉默令我心里更加难受，这说明事情是真的。而此时此刻，他也大概猜到了究竟是什么事情。

"文学社的钱是用来出校刊的，不是用来让你唱K娱乐的，你这么做把张扬当什么了？你知不知道你害得文学社现在要被迫解

散？"徐大川继续怒吼道。

"你嚷什么嚷啊？"许炎的情绪也激动起来，"赞助商那么多钱，出版校刊用得完么？我是自己吃了玩了还是嫖了？我请大一社员唱K不就是为了让他们有些动力，这样也好更加对文学社尽心尽力么？我有什么错？"

我沉默了一会儿，缓缓道："许炎，这件事让副院长抓住了把柄，说我们类似于传销组织。况且，你事先真的应该跟我商量一下。"

"张扬，平日里咱们是室友是兄弟，但在社团你是社长，这件事我知道告诉你了你是不会同意的。是，这件事我瞒着你是我不对，但我的初衷就是觉得多余的钱留着也没用，不如拿出来让社员们开心一下，我也是为了咱们社团着想。"

"这我知……"

我话还没说完，徐大川便怒骂道："着想个屁，你许炎就他妈是穷疯了，没见过钱是吧？没钱给老子说老子打钱给你花！张扬才是社长，他都没说要动这个钱，你凭什么动？你算个什么东西！"

"徐大川你过分了吧？对，我是没钱，你有钱又怎么着，有钱你老婆还被别人给睡了？我不是社长，你是？说白了你现在又是什么东西？文学社跟你有半毛钱关系么？"

"我看你是欠揍了，你等着我回去……"

"够了！"

李小辉竟先我一步制止了两个人的争吵，听筒里，我们都知道，他哭了。

"干什么啊？吵什么啊？"李小辉抽泣道，"文学社是重要，但比我们兄弟之间的情义还重要么？"

"什么情义？我没有钱，我家里穷，穷疯了！我不配做他徐大川的兄弟！"

"许炎，你少说两句吧。"我劝道，唉，我明明知道徐大川的脾气，早知如此，真不该把这件事告诉徐大川的。

"你是不配，我告诉你许炎，就你这种小人，这辈子就是个穷酸命，你要是哪天能有钱，我徐字倒过来写！"

"徐大川！"我呵斥道，"你确实过分了！"

接下来是长久的沉默，我捏着眉头，缓缓道："好了，许炎的初心是好的，就算他一时马虎做错了我也不怪他，兄弟几个没有必要为了这事情闹得不开心，群聊就先到这儿吧，我下了。"

❖9❖

不知不觉，桌上的肉菜已经下得差不多了。

恍惚间，我仿佛又看到了他们的笑脸。

那些少年，怎么忘得了他们呢？吵也吵过，闹也闹过，大川走的时候许炎不也是像个女孩子一样哭得稀里哗啦么？我始终相信，无论这次大家闹得有多不愉快，随着时间，一切终会好起来的。

　　"老板，结账。"

　　回宿舍的路上，我接到了强子的电话。

　　"你小子整天忙什么呢？电话也打不通。"

　　家里的友人，总是会给我带来一种特别的亲切感，我堵塞的心情也瞬间通畅了许多。

　　"强子啊，我刚才有点事情，现在怎么样？腿好些了没？"

　　"你小子失忆了吧？伤筋动骨一百天，上次同学聚会的时候我就好得差不多了，现在我在外地打工呢，强壮得很！"

　　"打工？打什么工？"

　　"就是砌砖盖房子之类的，说了你也不懂，我打电话可是来慰问你小子的，怎么总说我啊？"

　　"先别说我。"我心中一紧，"强子，那不就是出大力么？你怎么干起那个来了？咱们都还年轻，在家里做个小买卖也比出大力强啊！"

　　"唉？你小子这话我就不愿意听了，什么叫出大力的，工人，工人懂么？你小子还上大学呢，知不知道我国是工人阶级领导的，以工农联盟为基础的人民民主专政的社会主义国家？咱们工人有力量，你懂不懂啊？"

　　我被强子的给逗乐了，"话虽这么说……"

　　"行了，你小子别磨叽了，我这边又开始忙了，先不说了挂了啊。"

　　强子挂断了电话，我的心里不禁为他担忧起来，说句实话，我没有嘲笑工人的意思，但强子说白了，今年也只有二十岁而已，虽然平时看着挺结实的，但他毕竟不像三十多岁的爷们那样肌肉发达，设计图纸他是必然不行的，因此盖楼这活让他干也就是搬砖扛木头的出力活。

想到人各有志，我也就放下了手中的电话，算了，我都能孤身一人去深圳闯荡，那他自己的决定我也就不再阻拦了，只愿他能够过得越来越好吧……

不知不觉，我已经回到了寝室，推门而入，只见李小辉坐在书桌前抹着眼泪，而许炎则站在窗前，郁闷地抽着烟。

“干吗呢？过来吃火锅了！”我将带回来的火锅打开，拍了下李小辉的肩膀，他果然像个小姑娘一样破涕为笑。

“我都要饿死了。”说着，李小辉开始动起了筷子。

而许炎仍旧站在窗边抽着烟，没有回头。

“啊！月光很美，比不上朋友的安慰；夜空很美，比不上友谊的珍贵；星星很美，比不上友情的点缀！”我边走向许炎，边开始作起诗。

许炎终于忍不住噗地笑出声来，回过头，竟也是满脸的泪水，“别念了，恶心死了。”

“泪水很美，比不上火锅的香味。”我笑道，“快去吃火锅吧。”

看着许炎乖乖地凑过去吃火锅，我趁机道：“许炎，吃完火锅给大川打个电话，都是兄弟，别闹得那么僵。”

许炎闻言扔下筷子，站起身道："我不吃了。"

"别别别，当我没说过，坐下吃吧，李小辉一个人吃火锅多没劲啊。"我立即给李小辉使了个眼色。

李小辉点点头，"是啊，许炎，坐下来陪我一起吃吧，这么多我一个人哪吃得下啊？"

看着许炎重新坐下，我在心里暗自摇头，没想到许炎的脾气也挺大，看来一时间是没有办法让他跟徐大川和好了，这两人当时说话都挺难听的。唉，都说女人的友情像细线团，看着密密麻麻的，却一扯就断；男人的友情像一根钢筋，看着很简单，却用斧砸都难砸成两半。但是反过来说，女人的线一旦断了，好接上；但男人的钢筋一旦断了，想重新接上就需要花一番功夫了……

❖ 10 ❖

当我醒来的时候，许炎已经不见了人影。我看到他的电脑屏幕仍旧亮着，上面仍旧是那部名叫《偷天换日》的电影，屏幕下方的字幕写着"你总是想着防守，所以永远成不了老大。"

正要去看这部电影的详细介绍，却见一人冲进我们寝室，嘴里喊着："社长，救救我，救救我啊。"

我仔细一看，是昨天在副院长室的贾小艺，他穿着睡衣脚踩拖鞋，听得寝室房门又是一声响，立即吓得躲在我的身后。

"老子请你唱K，没想到你却要告密，真是好肉喂了白眼狼，整个文学社就因为你要被强制解散知道么？"许炎手里拿着板凳

走过来，"张扬，这事你别管，是我俩的私人恩怨！"

见许炎拿着凳子过来，贾小艺急得眼圈都红了，"社长你可得救我啊，我家三代都是贫农，能来这个学校家里已经花下了血本，昨天副院长说了，要是我不说那些话，他就取消我的贫困生资格，我家真的很穷啊社长，要是没有贫困补助，我真的连学费都交不起啊……只有退学一条路可以走了"

许炎举着凳子在半空中停下，"什么？这是真的？"

"许哥，真的是这样，不然我怎么会出卖文学社呢？要怪，就怪我家里实在是太穷了吧……"

"穷穷穷！穷怎么了？"许炎将板凳放下，"穷人就没有尊严吗？我受不了这样的生活了，总有一天，我们要变得很有钱！再也不用受这种窝囊气！"

"许……许哥，那……那你不会打我了吧？"贾小艺眨了一下眼睛，缓缓从我背后走出来。

"打你干吗？这事照你这么说谁都不怪，要怪就怪那个副院长！"许炎咬牙切齿地说道。

"对对对，都怪他！"贾小艺立即顺着许炎说道。

事情已经到了这个地步，现在算到底怪谁还有什么用呢？在我看来，当下之际，最该想的是如何才能保住文学社。我摇了摇头，再次穿上了在深圳时的西装。

"张扬，你干吗去？要打副院长一定要带上我啊，你不念我跟着你一块儿不念了！"许炎握拳道。

"打打打，你就知道打，咱们是大学生，不是黑社会。"我系着领带，看着镜子里戴着眼镜的自己说道，"咱们文人，自然有文人的解决办法，我先出去见个投资商。"

"张扬，文学社都要解散了，你还低三下四地去见投资商干吗？"许炎不解道。

"谁说文学社要解散了？"我故意卖关子道，"从今往后，多余的钱就有可以运转的地方了。"

终章　偷天换日

✦1✦

"你听说了么？文学社要解散了。"

"都两个星期了，文学社还是没解散啊。"

"一定是苟且偷生，还在做无谓的挣扎，副院长叫大一大二社员训话的那天，我也在场。"

学校里的议论声不断，文学社解散的事情似乎也成了热门话题，甚至还有背地里发起下注，赌我张扬这个文学社社长会在几天之后宣布解散。

直到一个月后的今天，正是午饭时间，所有人仿佛都被魔法石化了一般僵在原地，有的人手里还拿着饭勺，米饭放在嘴边却迟迟没有吞下去。

"刚刚广播里，真的是副院长的声音么？"

"是……是吧……"

一瞬间整个学校仿佛炸开了锅，谁都不清楚究竟发生了什么事情，只知道文学社从今天开始，正式地成为了学校官方确立的社团。

我缓缓将手里的筷子放下，果不其然，抬起头就能看到许炎和李小辉瞠目结舌的表情。

"张扬，从替天行道到朝廷招安，你究竟是怎么办到的啊？"李小辉说话都有些结巴了。

我撇撇嘴，做了个不知道的手势，"或许是那副院长突然开窍了，就想开了吧。"

他们见我不愿意说，也就不再多问，只是不住地喃喃着："神啊，太神了！这怎么突然就搞定了呢……"

正当我们站起身往外走时，却听到周围窃窃私语的议论声：

"看呐，那就是张扬。"

"那个就是文学社社长。"

"恐怕他家里有很大的势力，不然咱们院长怎么会突然妥协呢？"

"这么仔细看，他长得还挺帅的吗！"

我们伴着议论声缓缓离去，路上许炎好不羡慕地对我说："张扬，你现在可成了学校的名人了，想必这学校的妹子肯定蜂拥而上，到时候你可千万要给兄弟我介绍一个啊。"

"说什么呢，弱水三千，我只取一瓢饮。我有简单足够了。"话音未落，我一拍脑门，简单！对了我答应今天要和简单出去吃饭逛街的啊！

"喂！张扬，你别跑啊！你和李小辉都有女朋友了，就我还单着呢，你别那么小气啊，喂！"

想必我在运动会的时候都没有跑这么快，到了公交车站，我气喘吁吁地看了下时间，已经是下午一点多了，而我和简单约定的时间，是十二点半。

最近一阵子都在忙文学社的事情，简单几次找我我都拒绝了，今天原本想好好陪陪她的，谁知道上午跟许炎看了会儿《偷天换日》就把这事给看忘了！竟然按照往常一样去食堂吃了饭。

看着手机上的六个未接来电，我心想："这次真的死定了……"

半个小时以后……我冲到简单的宿舍楼下。

"唉唉？同学，这是女寝你不能进！同学！"

"对不起阿姨，我一会儿就下来！"

"啊——流氓！"

"对不起对不起。"

我跑了一路，听了一路的尖叫声，道了一路的欠，我很不理解，为什么有些女生在走廊里都不穿衣服！

"简单！简单！"我打了十几个电话她都没接，简单从来都没有这么生气过，这次我也顾不得那么多了，直接推开了她们寝室门便喊道。

"啊——流氓！"又是一堆尖叫声。

我紧闭双眼，大喊道："对不起对不起，我是来找简单的！"

"简单是谁啊？"一个女生回应道。

我一愣，后撤一步看了下门牌号，没错啊。

一瞬间，一股吃了苍蝇般的感觉瞬间涌上心头，"那个……

这里是护理系的宿舍楼么？"

"你有病吧！护理系在对面，这是医学系！"

我以每秒钟一百八十千米的速度飞奔冲下楼，身后骂声喊声接连不断，终于，我冲过了最后一道关卡——宿管阿姨，一步踏出楼门口，尴尬的历程就此结束。

我脸红脖子粗地喘着粗气，一抬头，简单就在我面前一脸疑惑地看着我。

"张扬，你……你怎么从那里出来的……"

"说来话长，简单，你怎么不接我电话啊？"我边擦汗边喘粗气。

"对不起啊张扬，我跟室友去洗澡，没想到就洗过头了，本来洗澡之前我想打电话告诉你的，可是打了好几次你都没接。"简单边说边拿出手机，"哎呀，都一点半了！对不起啊张扬，让你足足等了我一个小时。"

啊？

我一愣，僵硬地笑道："哈哈，没关系啦，反正我四处走走不知不觉一个小时就过去了，只是找不到你我挺担心的。"

弄了半天我迟到还是好事，要是准时来岂不是真要等上一个小时？有时候我发现自己真的很不理解女生，洗澡为什么非要一起洗呢……

"走吧张扬，我们去逛街吧。"简单笑嘻嘻地上前挎住我，"唉？你脸怎么那么红啊？想什么呢？"

"啊？没有啊，就是好久不见你了，所以你这么突然一凑过来我还有点紧张。"

"哦，这样啊……对了，你刚才为什么从女生宿舍出来啊，这一个小时你该不会……"

"不是你想的那样啊简单，其实我才刚到而已。"

"刚到？那你刚才说为了等我你在我们学校逛了一个小时，是在骗我？"

"没……没有……"

"张扬，你不会觉得我脾气好就开始欺负我吧？你以前从来不会骗我的，看来真的像我室友说的，脾气越好的女生越容易被男生欺负！"

"不是啦，简单你听我解释……"

千万不要对女孩撒谎，谎言这东西，即使是一点点，也不要随随便便地去说，不然，就有可能弄成我这个下场，一个谎要十个慌去圆，越说越乱！

一路上，简单生气了又高兴，高兴了又生气，生气了又开心，我呢，就是哄她宠她陪她然后再哄她。唉，谁叫我连续两个月都没主动联系她呢，可是文学社的事情又不能不管……算了，一句话，男人啊，就是累……

❖2❖

"大川，许炎能主动跟你搭话，就说明他有意向跟你和好，

你那种态度真的有些过分了。"电话里，我对徐大川说道。

"不是我过分，他让我发穿军装的照片，我怎么给他发呢？"徐大川说话的语气有些不对劲儿，却又说不上来具体是哪里不对劲儿。

"我没听说过在部队里不能穿军装拍照片啊，许炎其实也就是想跟你和好，但是又找不到合适的理由，就借着这个话题想跟你唠唠，结果你一点面子也不给他，男人谁还不要点面子呢？"

"张扬，真的不是我不给他发，而是……是……"徐大川在电话里的声音吞吞吐吐的，几次欲言又止。

我不禁想起上次我一个人去火锅店，徐大川在电话里的笑声就让我觉得有些不对劲儿。

"大川，你不是有事瞒着我们吧？"我问道。

沉默片刻之后，徐大川终于说道："张扬，其实我根本就不在部队，我现在整日都待在家里，混吃等死。"

"什么？"我心头一惊，"可你去报到那天，明明在群里给我们发了照片啊？"

徐大川叹了口气道："我……资格考核没过。"

"资格考核？"我问道。

"用老说法，就是叫政审，政治审核。你也知道，我爸他……"说到这里，徐大川不禁又开始哽咽起来。

"为什么呢……叔叔的事情，为什么牵连到你呢……"我的心里也开始难受起来，这次也一样，不为徐大川，而是为这个世

界难受。

"这就好像我爸有钱的时候，我也跟着有钱一样，现在我爸坐了牢，我的政治审核却也通过不了，呵，真是讽刺啊……"徐大川自嘲地笑道。

"大川，无论如何，你不能就这样一蹶不振，想想我们之前在文学社的时候，不是也经常会遇到困难么？"

"张扬，你不用劝我，你说的那些我也都懂。只是这些日子我真的很难受，你就让我混一阵子吧，许炎和李小辉那边你也别告诉他们了，免得让他们伤心。"

我还要说些什么，却见李小辉踉踉跄跄地走进寝室，脚下一滑坐在了地上。

"大川，保重。"我挂断了电话，跑到李小辉面前，"小辉，你怎么了？"

李小辉坐在地上，喃喃道："刘洋，刘洋刚才来找我了。"

"然后呢？"我紧皱眉头。

"她问我，是否还喜欢她。我说……我已经有女朋友了。"李小辉是笑着留下的眼泪，他仍旧低声喃喃着，"她哭了，走了……"

我沉默着，想起现在的徐大川，如果当初刘洋继续跟大川在一起，说不定大川就不会走。我又看看李小辉，如果刘洋最初是跟李小辉在一起，而不是大川的话……可是，这个世界哪有那么多的如果呢？

"其实，她还说了一些话……"李小辉接下来的话让我的嘴

角有些抽搐。

"她说……她怀孕了……是那天你和大川遇见的那个男的，那个男的听说她怀孕就消失了。"

我正要说话，突然间，李小辉一把抓住我，"张扬，我仍旧爱着刘洋，我，想跟网上的那个说分手。"

闻言我二话不说，一巴掌打在了李小辉的脸上，怒吼道："你疯了吧！那种女人祸害我一个兄弟就够了，现在还要祸害一个？当初你知道她为什么离开大川么？就是因为嫌弃他父亲进了监狱，他家没有钱了！她在外面瞎浪有了孩子，没脸见大川就想起你了，凭什么？我问你凭什么！你是傻蛋么！你凭什么要管别人的孩子？"

都说旁观者清，而我这个旁观者，真的发自肺腑地在愤怒，我摇晃着李小辉的身体怒吼着，而李小辉，则仍旧是那副黯然的表情，仍旧是那小的跟蚊子一般的声音："张扬啊，不管是谁的孩子，那都是一个鲜活的小生命啊……"

我踉跄着后退了两步，摇着头苦笑着，我不能理解，我真的不能理解，无论如何都不能理解，这一切不该是她自作自受么？为什么偏偏就有李小辉这种傻小子为她承担后果呢？一股怒火再次冲到了嗓子眼里，但我还没发出声音，就被李小辉淡淡的一句话熄灭了火焰。

"张扬，不要劝我了，我爱她。"

我看着李小辉，那时是我第一次真切地感觉到那句话的含

义，以前我看到那句话时，总感觉有一种开玩笑的意味，甚至有一种讽刺在其中。我从来都没有像今天一样，那么认真地重新去品味那句话——问世间情为何物，直教人生死相许。

爱，真的能让一个人失去理智。

然而李小辉站起的那一刹那，他坚定的眼神却让我真切地体会到，他并没有失去理智，此时此刻，他决定的一切，都是深思熟虑之后的……

❖3❖

"张扬，许炎。"李小辉端着饭盘朝我们走来，我抬头看了一眼他身旁的那个人，放下了筷子。

"我吃饱了，先走了。"

"社长真是好大的架子啊。"刘洋怪声怪气地说道，"小辉，人家都不愿意跟咱俩吃饭，咱们还是到那边去吃吧。"

"你少挑拨离间！"我实在是忍不了这个女人了，是她先找事，也就别怪我说话难听了，"我是不愿意看到你，跟你在同一桌吃饭，我感觉恶心行么？跟李小辉没关系！"

"哦，你看到小辉的女朋友就觉得恶心啊，这……真的跟小辉一点关系都没有哦。"

刘洋的话也让小辉的脸色有些不对劲儿。我气得牙根直痒痒，却又不知道该如何反驳她，她现在是小辉的女朋友，无论我说什么她都能和小辉扯上关系。

算了，惹不起躲得起，我不再多言直接朝食堂外走去。

"张扬！"

我走到门口，却没想到刘洋还追了出来，扯住了我的衣袖，我一把抽回手臂，瞪眼道："刘洋，你到底想怎么样？现在大川在家萎靡不振，因为他父亲的事情政审没有通过，李小辉本来想考复旦大学研究生，却整天愁着你肚子里孩子的事情。你是不是觉得我们兄弟几个都坠落低谷，一辈子抬不起头来你就开心了？照这样发展，我看也不远了！你现在很开心么？"

"张扬，对不起。"刘洋低着头，眼泪噼里啪啦地往下滴着。

"你这是什么意思？少跟我来这套啊，你也完全没这必要，现在你目的已经达到了，李小辉那个傻子就心甘情愿地被你整。刘洋我告诉你，只要我张扬活一天，我不会就这么眼睁睁地看着我的兄弟被你当猴子耍的！"

"孩子……我已经偷偷打掉了。"刘洋含泪说道，"我现在真的明白了，以前是我错了，大川的事情是我对不起他，只要我能帮忙的地方我一定会帮忙的。"

我看着她，也不知道她是真的忏悔还是在演戏。

"我遇到了这个世界上最爱我的人，现在我只想好好地对他，你放心，我不会耽误小辉的学业的。就在昨天，他还是死活不让我打掉孩子，说那毕竟是一个生命。可是我知道，这个孩子如果生下来，无论对他还是对我都是一个巨大的负担，我真的是为了他才……"说到这里，刘洋哭得更凶了。

我毕竟是个男生，无论再怎么心狠，听到她哭得这么凶也还是有些心软了下来，就像我以前说的，错的不是刘洋，而是这个世界。如果刘洋真的彻底醒悟，以后一心一意地对小辉好，那或许也是一件好事。

"过去的事情永远不要再提了，走吧，一起回去吃饭吧。"

从那以后，我们由三个人一起吃饭变成了四个人，无时无刻我都在暗中观察着，出人意料的是，刘洋真的对小辉照顾得无微不至，还总是把自己碗里的肉挑出来让小辉吃。用她的话说就是："吃！你不多吃肉将来怎么保护我？"

只是不知道，如果徐大川看到此时这个情景，究竟是一种怎样的感想。

❖4❖

白驹过隙，时光荏苒，日子过得飞快，转眼又过去了大半年，大四的生活总是过得飞快，我们的生活好像从那件事之后，就变得日趋平稳下来，可能唯一不平稳的，就是我和简单，我还记得开始自己说过，凭良心讲我的样子有点对不起观众，我是真心这么觉得的，可是也不知道为什么，总是有越来越多的女生来跟我表白。最后弄得简单三天两头就来我的学校查岗。

终于有一天，简单发火了。

"张扬，那么多电话你都不接，人也不在学校，你到底在干什么啊？"简单的脾气真是越来越大了，或许越爱，就会越想要

锁住对方吧。

　　而我在电话的另一头，沉默良久后，决定将事情告诉简单，毕竟这件事情，现在不说，以后大家也早晚都会知道。

　　简单不住地催促，我也终于开了口："简单，我现在人在派出所里。"

　　"你……张扬，你怎么了？出什么事了？"

　　"不是我，是许炎。"我紧握着双拳，"他犯了盗窃罪，已经被抓起来了，现在我正配合警察做笔录。"

　　"啊？你……你别吓唬我啊，你该不会是逗我玩吧？"

　　"简单，我现在真的没空跟你解释那么多。"我挂断了电话，叹了一口气。

　　"请问警官，真的确定不是误会么？他在我们寝室真的很好，一点都没有犯罪的倾向啊？"我还是不死心，再次问了面前的警察。

　　"罪犯不会在脸上写罪犯两个字，他不是第一次了，很多超市还有很多人家里，都有他的作案行踪，如果不是这种惯犯，我们也不会小组行动去蹲点堵截他。"

　　"请问，他总共偷了多少东西，我们挨个还清并且道歉不行么？警察叔叔，您也知道他是在校大学生，这眼看着就要毕业了，您看能不能通融一下……"

　　"通融？我看你这小伙子还是不清楚事态的严重性啊。"说着，警察指着其中证物袋里的一条项链，"别的不说，单单这条

钻石项链，就价值二十多万，你知道这意味着什么吗？他不是要被拘留教育那么简单了，他这是要判刑，要负刑事责任，蹲大牢的知道么？你是学法律的吧？你告诉我这怎么通融？我们警察办案不是完全没有人情味儿，但这件事不是那么容易知道的不？"

警察一句接一句的话就像在我的头上不住地用棒子敲打着，许炎真的犯了大错，犯了那种必须要付出代价的大错……

"我想见他。"

"可以，不过要等法院判完刑之后，在这期间，任何人都不能见他。"

"那……那不就是说要等他坐牢以后？"

"没错，按照他的涉案金额，基本没有什么悬念，只不过是时间的区别，有你们这样的舍友，也算他没在大学读这几年书，行了，你回去等通知吧。"警察一边整理着笔录文件，一边面无表情地对我说道，"别等了，你可以先回去了。"

我绞尽脑汁也想不明白，他为什么要那么做，没有钱，可以去打工，甚至可以问我们借啊，为什么非要去盗窃呢？

等待通知的那几天，我和李小辉几乎度日如年，大川离开了宿舍，许炎现在也不在了，有时候我多想一觉醒来，发现这一切的一切都是一场梦，大川还在，许炎也在。所有人都像以前一样，可以坐在一起开开心心地吃火锅……每次想到这里，任我的内心再坚强，我都忍不住会流下眼泪，特别是在几天之后，我看着没有大川，没有许炎的毕业照，就像个情窦初开的小孩子失恋

了一样，悲伤地蹲在墙角里痛哭着。曾经一起为了文学社打拼的兄弟啊，为什么在文学社走向辉煌的时候，你们却一个个地离去了呢，为什么呢……为什么呢……为什么……

三个月后，许炎一审被判有期徒刑十五年。许炎并没有上诉。

接到通知时，我正在照毕业合影，而我身边空着两个位置，谁都知道那是许炎和徐大川的。

牵犬东门，岂可得乎？我知道，从此之后，青春戛然而止，那些日子再也不会回来。

冗长的答辩与毕业典礼之后我去了南郊第二监狱。

"为什么！为什么你要去偷东西呢？"看着铁窗对面的许炎，我还是不敢相信这一切的一切都是真的。

许炎笑了笑，"张扬，我没有钱啊，所以我去偷了，就这样。"

"没钱，你没钱也没有兄弟是么？你到底因为什么事急需用钱呢？就算再急，我们可以给你想办法啊？"

"没有什么事急需用钱。就是觉得自己没钱，就是觉得徐大川一直看不起我，就是觉得自己的父母窝囊，就是觉得你们都有女朋友我没有，都是因为钱钱钱！所以我要有钱啊，这样，最起码下次再一起吃火锅的时候，可以我请一次了。"

"你浑蛋！"我怒吼道，"眼看着就要毕业了，你偏偏要在这个时候断送自己的前程，没钱你可以凭着自己的双手去赚啊，你现在是个贼你知道么？"

　　"我知道。"许炎仍旧面无表情地说道，"《偷天换日》里说了一句话，蛇有蛇路，鼠有鼠道。呵呵，对了？张扬，你好像一直都没有把那部电影看全啊，有空看看吧，真的很经典。"

　　我惊呆了，这才想起那部电影主要就是讲几个贼偷窃黄金的故事，难道许炎他，早在很久以前就有盗窃的想法了么？

　　"罪犯的脸上不会写着罪犯两个字。"警察的话再次在我脑海里回荡。

　　我站起身，"许炎，真真切切的生活并不是电影。你看电影时是上帝视角，但你自己活着是你身在其中。大川从来都没有瞧不起你，很久以前他那天说的都是气话，那次他没有给你发部队的照片，是因为他因为政审没通过根本没进入部队。"

　　"是么？所以呢？所以你们就是看得起我了？"许炎似笑非笑道，"张扬，我问你，为什么文学社的资金从那件事以后再就没有经过我手呢？出版校刊要几个钱？剩下的钱都哪里去了？你以为你不说我就不知道么？李小辉是傻子但是我可不傻！"

　　听了他的话，我的脸开始有些阴沉，我是真真切切的，对他很失望。

　　"你觉得，剩下的钱在哪儿呢？"我说道。

　　"废话！当然在你的腰包里！你就只会当假好人，在这里说什么有困难找兄弟的话，你知道我困难，为什么不分我一点钱来帮助我？哪有什么兄弟啊？都是自私自利，都为自己而活！我就是偷了，我就是个贼！我就是盗窃了，怎么样？上天对我不公，

我不自暴自弃等着被雷劈死么？"

"文学社多出来的钱，我一分都没有动过，相反这两年里我还自己搭了不少钱进去。"我淡淡道。

"你少在这儿骗我，你以为我不知道一个赞助商多少钱？"

"你真的以为文学社为什么突然在一年前被公开确立是遇到了好运气？那是花钱买下来的！"

"你说谎！都是你编出来的，你本来就会写小说，这一定都是你编出来的！"

许炎在铁窗那边喊着，而我已经离开了监狱，心也仿佛不再那么悲伤，因为我现在确信，这一切，都是许炎自作自受……

我去监狱里看许炎的那天，正是正式离校的日子，大学的生活已经结束了，而我们的人生，却似乎才刚刚开始。

苏轼曾道："竹杖芒鞋轻胜马，一蓑烟雨任平生。"过不去的事情总要过去，放不下的事情总要放下。生活其实就和写书一样，翻过一页，才能书写另一页。人生就是一条单行道，没有退路亦没有回路，无论青春，抑或是爱情。无论是愉悦还是艰辛，我们青春年少的日子不知不觉就渐渐逝去，有时照照镜子，仿佛仍能看到那个曾经稚嫩的自己。

番外篇

毕业之后每个人物的命运都发生了转折。

副院长因为基建工程中腐化问题被纪委抓走，虽然我没有亲眼看到他被关进监狱时的表情，但我还是在电视新闻上再次看到了他的尊容。

徐大川还是入伍了，当了海军，保卫祖国的海疆。据说是托了什么关系，算了，我就不卖关子了，是刘洋找了自己在海军学院的舅舅，帮了徐大川一把，而徐大川仍旧不知道她已经跟李小辉在一起了，还以为刘洋帮他是对他旧情未了。不过如果这种误会能够为徐大川提供动力的话，也不失为一件好事。

李小辉和刘洋，先说李小辉这小子，真的是很逆天，以前我们都说他是傻子，现在好了，数他最有出息，真的让他考上了复旦大学的研究生，没看错，是上海那个复旦大学。而刘洋一直陪在小辉身边，对他无微不至地照顾着，用小辉那小子开玩笑的话说就是："幸不幸福的也就那样吧，感觉自己像找了个亲妈！"

江帆，如愿以偿考入本校研究生，和秃头副院长斗智斗勇了这么多年，终于毕业后成为一名律师，刚拿到律师资格证没多久就遇上副院长案发。据说副院长案是他接手的第一个公诉案件，

不知道这算是喜剧还是悲剧。

至于家那边的两个兄弟，强子和葛辉，葛辉毕业之后下海经商，这在我意料之中，没什么好说的。而强子可就厉害了，先做了包工头后成立了建筑公司，每天带着一大批人马到处盖楼，这不禁让我想起了他当初说的"咱们工人有力量！"不错，真是天将降大任于斯人也，必先苦其心志，劳其筋骨啊，这骨折后的四肢，反而比常人还要有力量！

简单毕了业以后回家工作，当上了护士。每个夜晚，只要是能看见月亮的夜晚，我仿佛都能看到她给我送行时所说的话："张扬，你成功了一定要回来，无论多久，我等你。"

简单，已经三年了，也不知道你是否守约，还在等我。

什么？你问我啊？我吗……大学一毕业来到重庆打拼，你问我为什么来重庆？可能因为这里是火锅的故乡吧。

至于现在的我怎么样，该怎么说好呢？

重庆新牌坊的一个背街小巷里，夜半行人脚步忙，黄桷树下火锅香。

"老板，老规矩。"

"张扬，又是一个人吃火锅？"

我将手里的公文包放在一旁，松了松脖子上的领带，笑着说道：

一个人，

不能吃火锅么？

（全文完）

后记　谁把流年暗偷换

❖1❖

终于写完这些沉甸甸的东西，交完稿子心头却又有些失落，《流年长怕少年摧》很早就签订了出版合同，但是拖了许久才把它写完，也许是心境不同了，总是感觉笔下的文字越来越让我不满意，修了又修，改了又改。终于呈现出今天这个样子。

十年前刚刚动笔的时候，我曾把书名定为《早过忘川》，这四个字源于苏轼那首很美丽的《月出》："灯影桨声里，天犹寒，水犹寒。梦中丝竹轻唱，楼外楼，山外山，楼山之外人未还，人未还，雁字回首，早过忘川。抚琴之人泪满衫，扬花萧萧落满肩。落满肩，笛声寒，窗影残，烟波桨声里，何处是江南。"

澜子古书上记载着一个凄美的故事，人死之后要过鬼门关，经黄泉路，在黄泉路和冥府之间，由忘川河划之为分界。忘川河水呈血黄色，里面尽是不得投胎的孤魂野鬼，虫蛇满布，腥风扑面。

忘川河上有一座桥叫奈何桥，走过奈何桥有一个土台叫望乡台，望乡台边有个老妇人在卖用忘川河水熬成的孟婆汤。忘川边有一块石头叫三生石，孟婆汤会让你忘了一切记忆，三生石记

载着你的前世今生。在那个传说中人是生生世世轮回反复的。这一世的终结不过是下一世的起点。生生世世循环的人无法拥有往世的记忆，只因为每个人在转世投胎之前都会在奈何桥上喝下忘记前程往事的孟婆汤。孟婆汤即是忘情水，一喝便会忘记前世今生。所有的爱恨情仇，浮沉得失，都遗忘得干干净净。今生牵挂之人，今生痛恨之人，来生都同陌路，相见不识。

所以，走在这座连接各世轮回的奈何桥上时，是一个人最后拥有今世记忆的时候。这一刻，很多人还执着于前世未了的意愿，却又深深明白这些意愿终将无法实现，就会发出一声长长的叹息。

奈何桥，路迢迢，

一步三里任逍遥；

忘川河，千年舍，

人面不识徒奈何。

十年过去了，当年那个为赋新词强说愁的少年变成了而立之年的中年人，更多问题的视角也发生了变化，对我而言，这个故事也不再是一开始的悲剧色彩，所以最终定名为《流年长怕少年摧》，出自唐诗人杜牧那首《寄湘中友人》："莫恋醉乡迷酒杯，流年长怕少年催。西陵水阔鱼难到，南回路遥书未回。匹马计程愁日尽，一蝉何事引秋来。相如已定题桥志，江上无由梦钓台。"从这两个书名的变化或许可以看出自己十年心境的变化，从感伤到念旧，一个是依依不舍，一个是学会接受。

❖ 2 ❖

　　这本书从计划动笔到今天完成一共花了十年的时间，而这也是我人生最重要的十年，大学毕业，第一次踏入社会，第一次参加工作，第一次走出国门，第一次创业下海。一切充满了未知。记得刚刚上大学的时候，爸爸给我的忠告是"学好大学的专业知识不是最重要的，重要的是培养你学习的方法和培养你未来可能需要的人际关系。"等到毕业之后我才发现他当初的话是那么的精辟。

　　书里的故事主要是讲的一个少年从高中到大学这个过程中的心理转变，其中多多少少有些我的影子，当然，也有很多人的原型在里面。记得第一次出书的时候还在读大二，那个时候的激动与喜悦不亚于现在拿下了一个五百万的大项目。从学生到商人，心理的变化是任何语言也无法形容的。

　　刚刚大学毕业的时候正好赶上80后作家现象的强弩之末，于是在媒体的报道之下幸运地比别人顺利地跨入济南的一个事业单位，三个月的时间自己策划了一本杂志，然后估计学得差不多了就跑到重庆，从实习编辑做到责任编辑又做到首席记者，后来辞职下海、出国进修，直到今天我也拥有了自己的公司和事业。我相信自己的这个选择是对的，因为年轻人就要四海为家，看到我的同学朋友至今寻寻觅觅地难道重复父辈的生活真的就是稳定踏

实吗？

　　我是2006年7月10号来到重庆的，清楚地记得那天大学好友王德久去机场送我，那也是我第一次坐飞机。在等待安检的时候德久笑着说："徐鹏，你的笔名是易水寒，古人说易水送别，风萧萧兮易水寒，壮士一去兮不复返。但愿你不要做秦舞阳。"我随手从包里拿出一张纸写了一首诗给他"徐鹏今日辞济南，不得功名誓不返。青山处处埋忠骨，何须马革裹尸还。"

　　朋友们说我是一个感性的人，其实我觉得理性的思考、感性的生活未尝是件坏事。

❖ 3 ❖

　　大学毕业已经很久了，见惯了一些是是非非，从学生到社会的转变也已经淡淡习惯，这十年的变化是我从没预料到的，我从没有想过自己会依靠写文字生活，我一直觉得自己很幸运，当大学同学都还在为了一个糊口的工作四处奔波的时候我已经坐在有冷气的大办公室里面有了一个属于自己的位子，其实走到今天也在我的意料之中，我永远都会记得在大二第一次创办大学生杂志的时候，济南下着很大的雪，我和我的六个好兄弟在没有暖气的教室讨论着版面设计和广告，丝毫不觉得冷，因为我们都觉得自己在和志同道合的朋友一起做着有意义的事情，我坚决要求把一句话写在我们出版的第一份刊物的封面，送给所有会读到刊物的大学生同龄人："当你们花前月下、海誓山盟的时候，我们正在创业；等到你们想工作的时候，只能给我们打工。"

虽然这句话遭到了很多非议，在很多人眼中我至今仍是毁誉参半。但是一年过去了，我越来越觉得这句话适合所有正在读书的大学生们。起跑的位置决定最后的名次。别去介意别人的看法和评价，人是为自己活的，因为我知道让那些瞧不起自己的人闭嘴最好的办法就是让自己变得更加优秀，达到他们永远也无法企及的高度。

我最喜欢的一部电影是《一球成名》，它讲述了一个贫穷的移民孩子，从小就热爱足球，但没有因为家庭的压力和父亲的白眼而放弃自己的理想，终于一步一步依靠自己的实力闯进了英超联赛，并收获了自己的事业和爱情。采访《疯狂英语》创始人李阳的时候，他的一句话让我感受至深："我相信穷人的孩子会统治中国，因为他们对于成功的渴望异于常人。"

我从一个小小的县城到今天在中国最大的直辖市有了自己一个平台，全是自己一个人闯过来的。回想起来，真的挺不容易的，我的父母都是县城里面的普通工人，在他们眼中，儿子一直是他们的骄傲，庆幸的是我做到了。我希望看到这本书的同龄人能够记住一句话："父母的责任和义务只是赐予我们生命和名字，而我们的责任和义务则是让我们生命的意义非比寻常，让我们的名字发扬光大。"

因为很多事情，努力未必成功，放弃一定失败，无论事业抑或是爱情。

　　这也是这本书的意义，青春短暂，光阴宝贵。韶华不为少年留，恨悠悠，几时休。飞絮落花时候，一登楼。大学毕业，只是开始。回想起那些岁月，我们会发现那是一个冲动而迷惘的年代，有我们冲动的相爱、茫然的未来。当我们手足无措地慌张时，却发现那些其实都仅仅是路过的美丽风景，而人，终究是要往前看的。

　　最后，谨以此书送给所有支持我关心我的朋友们。我们一起仰望，我们都在路上。

徐鹏

2016年6月15日于美国芝加哥至北京的航班上